南寧文學‧家

族群的對話

南寧文學家

族群的對話

台南詩行

陳胤

詩集簡介
尋覓詩的偶然

詩，是一種偶然；人也是。

本詩集，不只是詩集，而是周密的跨界藝術創作計畫，也可說是個藝術行動，或行動詩。源於「南寧文學・家」的駐市作家申請，擬定以台南大多數人的母語——台語，作為詩創作的語言，以府城作為取材中心，藉由徒步、單車做沉浸式的漫遊，用意在放慢速度，讓靈魂進到時間根柢，緩緩自在地從日常生活中擠出詩的原汁，至於詩題，沒任何一首是事先定死，全交給與府城互動的偶然。每次神領意會的偶然，都是創作無可取代的靈魂。再者，刻意將詩作以手寫方式，寫在台南在地藝術家凃妙沂的筆記書上，其中，隨心境或有塗鴉繪畫，創作計畫完成後，此筆記就是現成的筆記書（詩），這是一種再創作，也是府城永遠無可取代的歷史文件與記憶。對創作者，對台南，都是唯一。

本詩集，包括其中一首組詩，共 56 首，分成 4 卷。是以寫作時間順序編排而成，於此，亦可視

為一種府城詩生活的日誌。而每首詩後，都附上一首「影像詩」，全以府城地景作為視覺創作圖像的藍本，另，其中除了組詩留白外，其餘各配上一首4行截句小詩，擴大藝術的疆界，讓原本的詩有不同風貌與意象，因此，詩作總數應為112首。這些台南款的詩，在作品完成後已脫離作者而獨立，各自在府城街巷款款而行，可做為台南深度旅遊的心靈風景。

　　本詩集的書寫，採漢羅混寫方式，以漢字為主，羅馬字為輔。漢字以教育部頒布的「台灣閩南語推薦用字」為主，羅馬字則用教育部頒訂的「台灣羅馬字拼音系統」，其中輕聲的符號，沒特別再標示，視為變調的一環。而在敘述上，盡量以簡明口語行文，並於文後附有台華文註解，稍諳台語者，都能輕鬆進入詩的天地。

　　本詩集，獲2018年國家文化藝術基金會出版補助。創作者作品，曾獲吳濁流文學獎新詩正獎、鍾肇政文學獎、時報文學獎等數十獎項。詩作，多次獲國家文化藝術基金會創作與出版獎助，並入選

國內外重要詩選。台語作品，2014 年入圍台灣文學台語新詩金典獎，曾四度獲台南文學獎、六度獲台灣閩客語文學獎、六度獲打狗鳳邑文學獎。2018年，台語詩集《月光》獲文化部中小學優良文學讀本，台語歌詞〈永靖枝仔冰〉，亦獲教育部地方特色歌詞比賽優等，創作者文學功力與努力，有客觀的肯定。

主編的話／鄭清鴻

母語 kap 台南 ê 行踏，
伊並無孤單

　　因為編輯《月光》ê 因緣初熟似陳胤，但是讀著伊 ê 詩進前，我對伊上深 ê 印象，是伊一身「文學浪人」ê 形貌 kap 氣質，以及 tī 地方縣市各級文學獎活跳，毋但跨文類，而且華語、台語攏有表現 ê 一位多產文學家。

　　Tī 出版寒冬 ê 時代，文學，或者所有 ê 人文藝術，早就是這世間 ê 艱難路途，欲成做一个文學家、藝術家，若無主要 ê 事業，毋知愛付出、犧牲外濟（或者愛 tī 這个過勞時代，成做「斜槓」青、中年）。就免講咱命運坎坷 ê 母語文學，經過戰前、戰後兩擺國語運動 ê 打壓，一直攏是非主流 ê 邊陲文類，koh 三不五時予人用「鄉土文學」敲油、收編、檢討、「被霸權」、「被沙文主義」。面對捌字 ê 母語文盲閱讀市場，若文學本身艱難，投入母語文學是愛需要外大 ê 覺悟 kap 堅持？我只有敬佩，毋敢思量。

　　我那讀詩，那對作品附錄 ê 年表來對陳胤有所認捌，才會當深深體會這款漂浪氣質背後 ê，時代

ê 詩意。伊 ê 性命有一種反骨 ê 根底,伊 ê 青春,
koh 拄好是台灣社會進入民主化,解嚴前後政治運
動當 leh 起大風湧 ê 時陣,好親像五冬前 ê 三一八運
動,佇立法院外口靜坐等待天光、予警察用棍仔「拍
肩」、用強力水槍噴水,對政治失望但是毋捌絕望 ê
少年。使人怨嘆 ê 是,毋管是 1960 年代抑是 1980
年代出世,佇虛幻 ê 中華民國想像 kap 殘存無死 ê
黨國威權政治 ê 面頭前,街頭 ê 反抗經驗是跨世代 ê
上課,毋知敢看會著無仝款 ê 運命?

　　對社會運動進入到學校內底,對教育現場 ê 種
種觀察 kap 體會,以及對本土語文流失 ê 現狀,陳
胤擁有一種對現實不滿 ê 批判,對強權不服 ê 抵抗。
毋過,伊 ê 力頭 khah 毋是大聲姦撟彼種,雖罔白話
直接 ê 批判是加減擁有,不過,大部分是對現實幽
微 ê 所在,暗暗、堅定磨出一支針,不意中搣一下,
搣 kah 予人會疼,而且干焦用一支針,就予惡人惡
權毋敢向前 koh 踏一步 ê 氣魄。但是詩人是比任何
人 koh khah 毋甘、不捨這世間,讀者 ê 疼,是不比
詩人經歷種種觀察 kap 思考所體會著 ê 彼種疼,詩

人用上大 ê 溫柔替咱承擔。

　　這款對世間 ê 溫柔關懷，敢是詩人對愛情 ê 向望當中所 pū 出來 ê 性格？對《戀歌》、《月光》，以及這本詩集《台南詩行》當中，咱攏會當看著詩人對愛情無停歇 ê 走揣。譬論講，tī〈光復延平老街〉這首詩 ê 上尾寫著：「是講，我 ê 愛情／哪無做伙光復？」詩人用（相對伊家己 ê 史觀來講是）「政治不正確」ê「光復」這个動詞來呼叫愛情，看來是有淡薄仔剾洗家己 ê 意思，但是詩人這陣甘願暫時用史觀 kap 立場，來換一段對愛情 ê 思戀 kap 期待，「揣著伊進前，將所有 ê 愛，hōo 這个世界；揣著伊了後，kā 全世界 ê 愛，攏 hōo 伊……」詩人將失落 ê 愛情抽替做對全世界 ê 關心，活 tī 世界 ê 同時，就是一場無限 ê 等待、守護，對時間 ê 包容──《月光》已經將詩人個人 kap 世界之間 ê 連結定案，tī《台南詩行》ê 書寫當中繼續激一甕詩 ê 好酒。

　　透過駐市作家 ê 機會，陳胤佇府城台南完成這本新詩集。詩人 kap 城市 ê 性格是真四配，輕鬆閒散 ê 古都，詩人用溫柔 ê 目神 tshuā 讀者寬寬仔散

步。所有 ê 感情，對人、物 kap 都市 ê 互動當中生 湠出來，有觀光熱點、百年古蹟，也有詩人隨意行 踏 ê 街路風景，一个身影，就是一段人生。所有 ê 認同，攏刻 tī 古都經歷四百外冬風霜 ê 面容頂頭， 遠遠 ê 是歷史，關係著一个猶未出世 ê 新國家 ê 線 索；近近 ê 是故事，一寡猶未放袂記、毋通放袂記 ê 人，tī 台南。

　　這本詩集，用一百冬猶未停歇 ê 母語 ê 意志， 六十上 ê 府城日記，一位詩人 ê 心事來 kap 你交陪。 雖罔小可寂寞，但是伊並無孤單，對世間有情，對 愛無後悔 ê 靈魂，攏毋是一个人。

台南，當時行

我 koh 來台南矣。

這擺，毋是來旅行，是來生活。試看覓仔咧，成做一个府城市民，是啥物款滋味？詩，是我 ê 戶口。罔行罔寫，和台南做伙喘氣，嘛穿仝領內褲，阮 ê 秘密 kap 故事相迵，你若 tī 路裡拄著，毋通傷驚惶。

有影，遮，是一个眠夢 ê 好所在，葉石濤 ê 跤跡，定著不時行踮我 ê 詩裡，綴我歡喜，綴我傷悲。

前幾工，春尾 ê 北風，突然間壓落南，小可反寒，暗暝我 tī 冊房寫詩，寫 kah 毋知好穿衫，suah 淡薄仔感著，塞鼻，koh 起畏寒。昨暗，想講南部 khah 燒熱，被蓋 khah 薄，無疑悟天 beh 光 ê 時，suah 寒 kah 精神。無法度，這是我塞鼻 ê 舊症頭。哪毋知是毋是傷歡喜所致，抑是新環境猶毋知伸勻，總是，這是我府城日子 ê 頭暝。

這兩工，毋成食，毋成睏，精神蓋 bái。中晝頓進前，灌一鈷燒茶，想 bē 到，鼻仔開始 teh 透氣，

飯食了，小補眠一下，起床，suah 清爽起來矣……

　　加話免講傷濟，是講，我 ê 詩，定著嘛愛罔行罔寫。台南，當時行。

——2017/4/29

1. 迥（thàng）：「透氣」。
2. 勼（kiu）：「縮小、收縮」。
3. bái：穤，「惡劣、糟糕」。

親愛的，

你不是一個人。

篇目

第一卷　假影，一个文學家

第二卷　噴射機 teh 眠夢

第三卷　國立 ê 詩，落雨

第一卷
假影，一个文學家

我 ê 詩，鍊一雙淺拖仔
揹一 kha 破冊包，長頭鬃
假影做一个性格 ê 文學家

假影，一个文學家

又 koh 來台南矣
Tī 春天 ê 尾溜
孵一粒，少年美夢
連皺痕，都皺 kah 起天真
夜鷹，teh 偷笑
笑破烏暗 ê 暝
真正有光，閃爍
巷仔內 ê 燈火
恬靜 kah 若像天星

有影，遮
是一个眠夢 ê 好所在
我 ê 詩，鋏一雙淺拖仔
揹一 kha 破冊包，長頭鬃
假影做一个性格 ê 文學家
拖咧拖咧，就雄雄
Kā 規台火車拖落南……

有一款老青春
號做府城，bē 老
日子，安安靜靜

嘛是一條歌
清爽 ê 風
定著愛開一罐麥仔酒
Kap 伊乾杯，下暗窗外
免注文，拄好
和家己，談情說愛

註解：

1. koh：閣，「又」。
2. tī：佇，「在」。
3. kah：甲，「得」。
4. 遮（tsia）：「這裡」。
5. teh：咧，「正在」。
6. kap：佮，「和、與」。
7. 孵（pū）：「孵」。
8. 皺痕（jiâu-hûn）：「皺紋」。
9. 鋏（giap）：「夾」。
10. 揹（phāinn）：「揹」。
11. 一 kha（tsit kha）：一跤，「一個」。
12. kā：共，「把、將」。
13. bē：袂，「不」。
14. 注文（tsù-bûn）：「預訂」。
15. 拄（tú）：「剛好」。
16. 和（hām）：「和、與」。
──2017/4/28/ 南寧文學 · 家 / 頭暈

有一款老青春
號做府城，bē 老
日子，安安靜靜
嘛是一條歌

詩行過大南門

心肝頭猶原
有淡薄仔稀微
故事，teh 躊躇
拄精神 ê 詩
Koh 小可仔塞鼻
無彩府城，tsiah 濟
歷史 ê 芳味
Kan-na 會當順綴
過去 ê 跤跡
舊路行來，就 khah 定著

Beh 暗仔，沙微 ê 目睭
突然間，慢慢
Giú 開一座大城門
記持，tī 磚仔角內面
Koh 燒烙，數百冬
悲歡離合，攏變做生銑石頭
一粒一粒，疊做外牆圍
人情冷暖，就擋咧城外
和家己 ê 孤單，酸甜苦澀

Hit 欉大欉榕仔樹
仝款，老 kah 喙鬚　鬍鬍鬍
伊家己嘛是一座城
無門 ê 城，膨鼠 kap 鳥仔
攏知影
城內，城外
我到底是徛 tī 佗？

Kám 講我 ê 詩也是一座城
Hōo 我安心，hōo 我懷疑 ê 城
抑是伊，根本
猶倒 tī 故事裡，teh 眠夢……

註解：

1. 躊躇（tiû-tû）：「猶豫」。
2. tsiah：遮，「這麼」。
3. kan-na：干焦，「只」。
4. tuè：綴，「跟著」。
5. khah：較，「比較」。
6. beh：欲，「想要」。
7. giú：搝，「拉」。
8. 生鉎（senn-sian）：「生鏽」。
9. hit：彼，「那」。
10. 仝（kāng）：「相同」。
11. 徛（khiā）：「站立」。
12. kám：敢，「豈、難道」。
13. hōo：予，「給、令」。
14. 僥疑（giâu-gî）：「懷疑」。
——2017/4/29

無門 ê 城，膨鼠 kap 鳥仔
攏知影
城內，城外
我到底是徛 tī 佗？

南寧街頭 ê 笑容

就按呢，我 ê 目睭
褪褲 lān，tī 古厝小巷留戀
有時，擔頭　gāng-gāng
過路人看戲 ê 眼神
一片一片飛過來
我才知，詩
洩漏行蹤矣

相機，是我 ê 小鬼仔殼
掛起哩面裡
就若親像 hit 領
國王 ê 新衫
對故事內面行出來

毋過，我毋是囡仔矣
Koh 有淡薄仔老番癲
就按呢，那行那看
破樓舊窗，連老歲仔額頭頂
Ê 皺痕，都空思夢想……

一枝十字架，tī 天頂

著起來了後
Suah koh 踅轉來南寧街頭

Hit 時，暗暝 ê 恬靜
雄雄對面淹過來
人影車馬，齊無聲
迒過一个青紅燈
一攑頭，月娘微微笑
Ê 笑容，全
跋落來阮目墘

日子，就按呢
安安靜靜，無代誌

註解：

1. 褪褲 lān（thǹg-khòo-lān）：褪褲屄，「裸露下身」。
2. 擔頭（tann-thâu）：「抬頭」。
3. gāng-gāng：愣愣，「發呆出神」。
4. 小鬼仔殼（siáu-kuí-á-khak）：「面具」。
5. 著起來（tȯh--khí-lâi）：「點燃起來」。
6. suah：煞，「竟然」。
7. 踅（sėh）：「閒逛」。
8. 齊（tsiâu）：「全、都」。
9. 迒（hānn）：「跨過」。
10. 攑（giȧh）：「舉起」。
11. 全（tsuán）：「就這樣」。
12. 跋（puȧh）：「跌跤」。
13. 目墘（bȧk-kînn）：「眼眶」。

——2017/4/30

迒過一个青紅燈
一擇頭，月娘微微笑
Ê 笑容，全
跋落來阮目墘

渡鳥飛過，雲海冊店

拆白講，有 khah 晚矣
這，應當是
春天 ê 尾幫車
冷風，已經退駕
我 ê 鼻仔，上知

思念，是無藥好醫 ê 啦
親像現此時，我當咧踅街
是為著 beh 確定，詩
老神在在無？

In，逐年來咱 ê 島國
渡冬，翼股
嘛全款心情
愛戀 ê 火，若點著
定定就 bē 收山

天頂，毋知是按怎
Suah 開始鬧熱起來
連飛行機都出來曝翼
Kám 講，伊嘛知

月娘溫暖，貼心

有影，暗頭仔 ê 舊冊店
特別迷人，親像
拄起床 ê 月娘，笑微微
我才行過，就看著 hit 陣渡鳥
飛過美麗 ê 雲海

大概 hiah-nī 懸
我雄雄 suah 操煩起來……

註解：

1. 踅（sèh）：「閒逛」。
2. in：「他們」。
3. 翼股（sit-kóo）：「翅膀」。
4. 曝（phàk）：「曬」。
5. 點著（tiám-tòh）：「點燃」。
6. 飛行機（hue-lîng-ki）：「飛機」。
7. hiah-nī 懸（hiah-nī-kuân）：遐爾懸，「那麼高」。

——2017/5/1

思念，是無藥好醫 ê 啦
親像現此時，我當咧踅街
是為著 beh 確定，詩
老神在在無？

斡角，台灣詩路

是講，我阿答不七 ê 詩
會當按呢，悠哉悠哉
Tī 遮，浪溜嗹
算是三生有幸矣。

目睭，無疑悟
一越頭，suah 看著一隻海翁
雄雄泅起哩壁頂，有影
月娘 kap 我，攏掣一下。

斟酌看，he 毋是海翁
是詩。koh 斟酌，是台語詩。

啊！我 ê 詩，嘛驚著。
戇神了後，目箍紅紅
顛倒反歡喜。

就按呢，阮做伙
Kā 街頭 ê 暗暝，點燈
一葩接一葩，勻勻仔
行出一條，島國 ê 詩路。

月娘，一路跟隨
欣羨 kah 流喙瀾
換伊 beh 招天星，去散步……

註解：

台灣詩路，tī 南門路 kap 五妃街交插路角，台南詩人
林宗源先仔 ê 作品。壁頂有海翁成做台灣 ê 意象。

1. 斡（uat）：「轉彎」。
2. 阿答不七（a-tap-puh-tshit）：「不止經、隨便」。
3. 浪溜嗹（lōng-liû-lian）：「無所事事」。
4. 無疑悟（bô-gî-ngōo）：「沒想到」。
5. 越頭（uát-thâu）：「轉頭」。
6. 海翁（hái-ang）：「鯨魚」。
7. 泅（siû）：「游水」。
8. 掣（tshuah）：「抖顫」。
9. 戇神（gōng-sîn）：「發呆出神」。
10. 目箍（bák-khoo）：「眼眶」。
11. 一葩（tsit pha）：「一盞」。
12. 流喙瀾（lâu-tshuì-nuā）：「流口水」。
—— 2017/5/2

就按呢，阮做伙
Kā 街頭 ê 暗暝，點燈
一葩接一葩，勻勻仔
行出一條，島國 ê 詩路

城南舊城，出日

歷史 ê 詩骨
永遠有青狂 ê 風
He，是目屎 ê 痕跡
抑是你
躊躇 ê 笑容

寂寞，是性命 ê 鹽
按呢，生活就罔咬鹹
總是，愛不斷證明
世間 ê 存在

Kap 你相閃身 ê 時陣
才看著家己目睭仁
Ê 驚惶
人 ê 意義
轉眼之間
就 hōo 風　吹散

今仔日，無 beh kap 你講詩
塗埆、磚仔、石頭 ê 孤單
是層層疊疊

海 ê 氣味當中
有人情冷暖，以及
靈魂 ê 臭臊

祖國家鄉，愛恨情仇
上帝輕輕仔　吐一口大氣
興旺衰亡，就開始流轉……

唉，攏煞煞去啊
恩恩怨怨，你看
早起 ê 日頭，當炎　當猛
臭酸生菇 ê 故事
一寡仔空縫，已經
Teh 發新穎矣

註解：

1. he：彼，「那」。
2. 罔咬鹹（bóng-kā-kiâm）:「得過且過，渡日子」。
3. 塗坱（thôo-kak）：塗墼，thôo-kat，「土塊」。
4. 臭臊（tshàu-tsho）:「腥羶味」。
5. 當猛（tng-mé）:「正興旺」。
6. 發新穎（puh-sin-ínn）:「發新芽」。

——2017/5/4

寂寞，是性命 ê 鹽
按呢，生活就罔咬鹹
總是，愛不斷證明
世間 ê 存在

血開,鳳凰花
——數念湯德章律師

歷史無情
故事定定毋知
Beh 對佗位講起
咱島嶼,若開喙
話,就哽 tī 曨喉墘

我 ê 詩,嘛怙怙
日頭猶未落山
目箍就先紅
宁花,開 tī 伊眼前三尺
千里肝腸,步步寸斷

哀傷,攏成做春天
Ê 夜霧,澹
毋甘,焦
也毋甘

我將 in 圍做一个圓環
時代,就按呢
綴日子,玲瑯踅……

五月 ê 天頂
有夠熱
你 kám 正港 bē 記得
Hit 年霜凍 ê 青天白日
濟濟母親，淒涼 ê 心
Teh 落雪⋯⋯

下班 ê 人車，青青狂狂
綴圓環玲瑯踅
伊，嘛變做逐工
仝款 ê 風景

運命 ê 石輪
碾過咱島嶼了後
新 ê 故事，才 beh 開始

伊流 tī 塗跤
鹹鹹 ê 血，koh 咧
金金看

我硬骨 ê 詩

定著 beh kap 伊做伙

喘氣，開做府城光彩

燦爛 ê 鳳凰花

註解：

1.　數念（siàu-liām）：「懷念」。
2.　佗位（toh-uī）：「哪裡」。
3.　墘（kînn）：「邊緣」。
4.　哽（kénn）：「東西卡在喉嚨」。
5.　目箍（bàk-khoo）：「眼眶」。
6.　澹（tâm）：「濕潤」。
7.　焦（ta）：「乾」。
8.　in：「它們」。
9.　綴（tuè）：「跟」。
10. 玲瑯踅（lin-long-sèh）：「轉圈圈」。
11. 仝（kāng）：「同」。
12. 碾（lián）：「碾壓」。
——2017/5/14

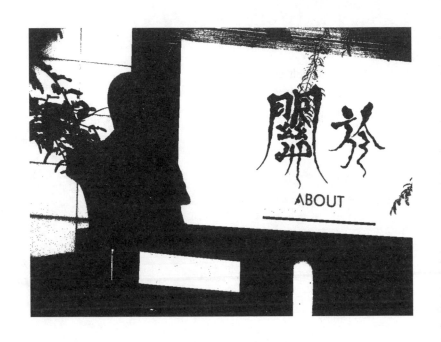

日頭猶未落山
目箍就先紅
字花，開 tī 伊眼前三尺
千里肝腸，步步寸斷

Gâu 早！聖若瑟天主堂

你定著知影
這是我祈禱 ê 架勢
輕輕仔，共天 giâ 起來
慢慢仔，將地放落去
天地之間，是真心誠意
日子，總是
愛對早起 ê 日頭開始
才有光，才有味

五彩 ê 光線
Tī 玻璃面頂跳舞
拍開窗仔，每一下喘氣
攏是恩情，攏是愛戀
厝鳥嘛知
刁工跳起哩十字架頂
憐惜一下
性命 ê 苦難

樹枝 peh 過牆圍仔
探頭過來，目睭
嘛有日頭光

只是，淡薄仔澹濕
親像人 ê 願夢
有躊躇，有勇敢

操煩規世人，koh 是操煩
勞動，開花結子了後
猶原疲勞艱苦
這，kám 是上帝 ê 責罰
你定著知影

我總是勻勻仔
用歌詩，畫一个天
畫一个地
然後，kā 愛园 tī 內底
寶惜。

註解：

1. gâu 早：勢早，「早安」。
2. giâ：夯，「舉起」。
3. 刁工（tiau-kang）：「故意」。
4. peh：「爬」。
5. 澹（tâm）：「濕潤」。
6. 囥（khǹg）：「置放」。

——2017/5/5

操煩規世人，koh 是操煩

勞動，開花結子了後

猶原疲勞艱苦

這，kám 是上帝 ê 責罰

天公廟賣金 ê 阿婆

攑頭，上蒼茫茫渺渺
人 ê 目睭，總是
慣勢 tī 雲頂討趁
毋過，不時嘛跋落去
聲名功利 ê 深坑

千算萬算，不如天一撇……

一綰一綰
繁華閃爍 ê 燈籠仔
遮天閘日
是 beh 迴去佗位？

光焰焰 ê 巷仔
Kám 揣有
祖先樸實 ê 跤跡
恐驚仔，連天星
都走去 bih 矣……

人 teh 做，天 teh 看
一點一滴，攏記 tī

天公伯仔 ê 數簿仔裡

求功名，補財庫
燒金進前，你 kám 看過家己
廬山真面目？
蒼天，無形無影
卻是實實在在
徛 tī 咱頭殼頂

你 koh 攑頭
看家己 ê 身軀愈來愈肥
靈魂顛倒愈來愈瘦 ê 時
心肝頭，kám bē 躊躇？

巷仔口，彼个賣金 ê 阿婆
當咧盹龜，無疑悟
Suah 有咱島嶼，溫暖 ê 形影……

註解:

1. 討趁（thó-thàn）：「賺錢討生活」。
2. 跋（puàh）：「跌跤」。
3. 撇（phiat）：「撇」。
4. 一綰（tsit kuānn）：「一串」。
5. 閘（tsàh）：「遮蔽」。
6. 迵（thàng）：「通往」。
7. bih：覕，「躲藏」。
8. 數簿（siàu-phōo）：「帳簿」。
9. 無疑悟（bô-gî-ngōo）：「想不到」。
10. 盹龜（tuh-ku）：「打瞌睡」。

——2017/5/5

一綰一綰
繁華閃爍 ê 燈籠仔
遮天閘日
是 beh 迴去佗位？

71 巷 ê 夜鷹

春天拄走無偌久
伊就叫 kah 按呢
有影，無臭無潲……

有人，火大
阮知
府城 ê 暗暝
卻是 teh 趁爽

你問我 ê 心情按怎
我刁工激恬恬
笑笑仔

講實在 ê，青春
是足遠足遠 ê 代誌矣
Kan-na 會當 tī 窗仔內
用孤單，點一葩電火
和家己退色 ê 夢想
Kap 勇氣，做伙盤捔……

巷仔內 ê 月娘

是有一寡仔暗淡
殕殕仔光，kap 我 ê 老歲仔目
Suah 誠呰

「啾─伊」「啾─伊」……

伊 koh 咧叫矣
翼股 ê 痕跡，拄好
Tī 雲頂，替我鋪一領
厚厚 ê 眠夢

有天星 ê 溫柔
有春天 ê 花芳

註解：

夜鷹：暗時活動 ê 鴟鴞（lā-hiòh），生活 tī 平地，因為厝兜 hōo 人破壞嚴重，近來 suah 走去大樓頂縣做岫，有都市化 ê 現象。鳥仔值得咱 koh 研究，人定著愛反省。

1. 無臭無潲（bô-tshàu-bô-siâu）：「形容很離譜」。
2. ㄉㄧㄠ工（tiau-kang）：「故意」。
3. 激恬恬（kik-tiām-tiām）：「裝成靜默的樣子」。
4. kan-na：干焦，「只」。
5. 盤撋（puânn-nuá）：「交流，相處」。
6. 殕殕仔（phú-phú-á）：「灰濛的樣子」。
7. 峇（bā）：「密合」。
8. 啾—伊（tsiu-i）：「夜鷹叫聲擬音」。

——2017/5/6

Kan-na 會當 tī 窗仔內
用孤單，點一葩電火
和家己退色 ê 夢想
Kap 勇氣，做伙盤撋……

台南好款

你看覓仔咧
皮膚，已經曝出下港 ê 味
淺拖仔，行路 ê 屈勢
Suah 愈來愈有台南款
詩 ê 面腔，嘛慢慢開始
有府城 ê 聲嗽……

好矣！若 koh 褒落去
伊尾胴定著會翹起來
凡勢仔，三八形
就 beh 對目睭仁裡
雄雄 sô 出來……

叫夯矣，巷仔內 hit 隻夜鷹
有時，會飛入去我 ê 詩內面
歇睏，換我 ê 詩
偷偷仔飛出去摸飛
是講，按呢
Teh 飛 ê，kám 是我？

我看，無差啦

台南就是 tsiah-nī 好款
連我這粒 tīng 硞硞 ê 心
全全是死肉
嘛哺落去……

註解：

1.　sô：趖，「爬」。
2.　摸飛（moo-hui）：「四處玩耍」。
3.　tsiah-nī：遮爾，「這麼」。
4.　tīng 硞硞（tīng-khok-khok）：有硞硞，「硬梆梆」。
5.　哺（pōo）：「咀嚼」。
——2017/5/8

淺拖仔，行路 ê 屈勢
Suah 愈來愈有台南款
詩 ê 面腔，嘛慢慢開始
有府城 ê 聲嗽……

南寧文學・家

連日頭，無張持
落 tī 塗跤 ê 目神
都恬靜 kah 親像伊 ê 笑容
仝款，遮
白頭鵠仔 ê 歌聲
永遠 bē 老，有一首詩
無煩無惱，倒 tī 翼股裡
Teh 孵卵

人，這字
有夠歹寫，毋是 kan-na
遮風閘雨 ê 厝殼
爾爾，靈魂 tī 心肝頭
嘛愛有一个徛家

天地 hiah-nī 闊
我老 kah 有賰 ê 戀夢
猶毋知
Beh 蹛 tī 佗位？

風，是有勻勻仔 teh 吹

月娘，嘛真溫柔
五月 ê 面腔
小可 khah 熱淡薄仔
毋過，古都 ê 暗暝
平安，寧靜

是講，我四界漂浪 ê 詩
遮，成做伊 ê 後頭厝
Kám 好？

註解：

南寧文學‧家：是一棟四、五十歲ê公家宿舍，台南市政府共整修再生，貼心成做外地文學家ê客棧。

---

1. 無張持（bô-tiunn-tî）：「不小心」。
2. 落（lak）：「掉落」。
3. kan-na：干焦，「只」。
4. 閘（tsàh）：「遮蔽」。
5. 爾爾（niā-niā）：「僅僅、只是」。
6. hiah-nī：遐爾，「那麼」。
7. 賰（tshun）：「剩下」。
8. 蹛（tuà）：「住」。
9. 後頭厝（āu-thâu-tshù）：「娘家」。

——2017/5/9

天地 hiah-nī 闊
我老 kah 有賰 ê 戀夢
猶毋知
Beh 蹛 tī 佗位？

是恁爸！林百貨……

你 kám 看過詩
留長頭毛？
小借問一下……

我寬寬仔，和黃昏 ê 日頭
做伙 peh 起哩日本時代
五層樓仔，每一層
攏無閒 teh 講家己 ê 故事
照講，誠吵才著
無疑悟，suah 恬靜 kah
若親像一張烏白相片

時間，堅凍矣
鎖咧玻璃櫥仔內面
記持，是有淡薄仔生鉎
毋過，哪有一款幸福 ê 滋味
講 bē 出喙？

遐，妖嬌美麗 ê 柴窗仔
媠 kah 不答不七
不時咧 kap 光線風騷

跳青春 ê 探戈

上頂層，倚神上近 ê 所在
有銃子掃過 ê 跤跡
戰爭，一蕊一蕊
酷刑 ê 目睭，金金 teh 看

古早 ê 時鐘
猶原吊 tī 壁頂
滴答！若親像 tī 後壁
Teh 叫我：

小姐！
借過一下，kám 好？

註解:

1. peh:「爬」。
2. 層(tsàn):「層」。
3. suah:煞,「竟然」。
4. 生銑(senn-sian):「生鏽」。
5. 遐(hia):「那些」。
6. 不答不七(put-tap-put-tshit):「不像樣」。
7. 探戈(thàn-gòo):「西班牙文 Tango 的譯音」。
8. 倚(uá):「靠近」。
9. 銃子(tshìng-tsí):「子彈」。
——2017/5/9

時間，堅凍矣

鎖咧玻璃櫥仔內面

記持，是有淡薄仔生銑

毋過，哪有一款幸福 ê 滋味

愛國婦人館你咧創啥物
──寫 hōo 文創 PLUS

愛國，到底是佗一國？
故事定定毋知
Beh 對佗位講起……

八角窗仔，有時
流出來一寡仔，日子
臭腥 ê 血，早就焦矣
Hōo 人釘 tī 厝壁 ê 柴枋
猶有時代 ê 車輪
碾過，烏青 ê 痕跡

樓梯跤，無張持
嘛會聽著樹仔 ê 哭聲
暗暝，有時
雖罔滿滿 ê 天星
繁華閃爍，遐
總是，鹹鹹 ê 記持

當咧時行 ê 文創
Tī 遮，啊到底是咧
創啥物？

一个青春少年兄
Kā 手機仔牽咧耳空
連講話都誠性格：

愛國喔，就是愛情共和國啦——

Yay！伊手指頭仔
突然間比出勝利姿勢：
請投我一票嘿！
恁遮，得人疼 ê 查某人……

註解：

文創 PLUS：原底日本時代 ê 愛國婦人館，經過整修
再生，化身「台南創意中心」，成做藝文交流 ê 所在。

---

1. 臭腥（tshàu-tshìnn）：「腥羶」。
2. 焦（ta）：「乾」。
3. 柴枋（tshâ-pang）：「木板」。
4. 碾過（lián-kuè）：「石頭碾壓過」。
5. Yay：「英語的歡呼詞」。
6. 嘿（heh）：「語尾助詞」。

——2017/5/10

臭腥 ê 血，早就焦矣
Hōo 人釘 tī 曆壁 ê 柴枋
猶有時代 ê 車輪
碾過，烏青 ê 痕跡

曝藍圖 ê 詩

下港 ê 日頭，無 hau 潲 ê
有夠猛，tú 好來曝
生菇 ê 心情

詩 ê 工程
不時 teh 翬紅毛塗
Kám koh 有新 ê 靈魂？

時行 ê 創意
Koh 綴人咧時行
按呢，kám 叫做創意？

監獄，拆掉矣
咱心內，是毋是
Koh 自動起一座監獄？

啊！免插伊 hiah 濟啦
全，綴人翕相
用手機仔，點油做記號
莫 bē 記得家己 ê 名
就好

替明仔載，畫一張藍圖
趁這陣，緊提出來曝曝咧
總比，kā 日子
园咧臭酸 koh khah 好

聽講，司法拋荒了後
遮，變做藝術 ê 新徛家
Kám 有影？

註解：

1. hau 潲（hau-siâu）：嘐潲，「說謊」。
2. 鞏（khōng）：「鋪設、包裹」。
3. 紅毛塗（âng-moo-thôo）：「水泥」。
4. 全（tsuán）：「就這樣」。
5. 翕相（hip-siòng）：「照相」。
6. 园（khǹg）：「放置」。
──2017/5/10

替明仔載，畫一張藍圖
趁這陣，緊提出來曝曝咧
總比，kā 日子
囥咧臭酸 koh khah 好

第二卷
噴射機 teh 眠夢

我眠眠，反一个身
繼續孵卵
Suah 眠夢著我 ê 詩
嘛變做一台噴射機

噴射機 teh 眠夢

天，猶 koh 咧眠夢
噴射機，雄雄
轟——一聲，就 kā 卵鑿破

Hiah 奇！無聽著人 teh 姦撟
這，kám 是府城 ê 好氣質？
抑是，暗時傷忝
無力矣……

一 tsuā 相愛過 ê 痕跡
真長真長
迵去一个無人知影 ê 世界
雲，慢慢仔飄散
這算是伊，溫柔 ê 回答

我眠眠，反一个身
繼續孵卵
Suah 眠夢著我 ê 詩
嘛變做一台噴射機

若像 teh 著猴

飛天藏地

嘛毋知 teh 暢啥物？

1. 鑿（tshàk）：「刺」。
2. hiah 奇（hiah-kî）：遐奇，「那麼奇怪」。
3. 姦撟（kàn-kiāu）：「辱罵」。
4. 忝（thiám）：「累、疲勞」。
5. 一 tsuā（tsit tsuā）：一逝，「一道」。
6. 迵（thàng）：「通往」。
7. 著猴（tiòh-kâu）：「行為舉止不正經」。
8. 暢（thiòng）：「興奮」。

——2017/5/11

一 tsuā 相愛過 ê 痕跡
真長真長
迴去一个無人知影 ê 世界
雲，慢慢仔飄散

伯勞歇 tī 開山王廟

Hit 四、五隻膨鼠
若小丑仔咧，tī 樹欉
跳來跳去，對這欉盤過 hit 欉
有時 tī 遮，有時 tī 遐

無錯！歷史
是一个無情 ê 舞台
刀槍炮銃，才是主角
人，毋是 hông 凌遲
就是 kā 人糟蹋
小鬼仔殼，若剝下來
咱島嶼就血流成河……

遮，tsiah 濟柴匜，tsiah 濟石碑
Tsiah 濟輓聯，tsiah 濟牌位
連日時，都 teh 吼
壁牆，免講嘛紅吱吱
你 kám 有看著廟前
猶原 tī 天頂囂俳 ê 車輪牌……

有兩三隻厝鳥仔

是淡薄仔白目
走來和 in 滾耍笑

有影，人戀看面就知
頭殼，洗 kah 有夠功夫就著
飼鳥鼠咬布袋……

有成功，無成功
定著在人講
毋通等 kah 頷仔頸
Hōo 人捏咧 ê 時，才知死

一隻伯勞，突然間
徛 tī 厝角 teh 偷笑
好佳哉，in 兜蹛 tī 北方
遙遠 ê 所在，離遮
千里萬里，這 má
已經透南風……

註解：

1. hit：彼，「那」。
2. 遐（hia）：「那裡」。
3. hông：夆，「被」。
4. 遮（tsia）：「這些、這裡」。
5. tsiah：遮，「這麼」。
6. 小鬼仔殼（siáu-kuí-á-khak）：「面具」。
7. 剝（pak）：「撕下」。
8. 囂俳（hiau-pai）：「囂張」。
9. in：「他們」。
10. 車輪牌（tshia-lián-pâi）：「指中國國民黨黨徽」。
11. 捏（tēnn）：「掐」。
12. 徛（khiā）：「站立」。
13. 蹛（tuà）：「住」。

——2017/5/11

連日時，都 teh 吼
壁牆，免講嘛紅吱吱
你 kám 有看著廟前
猶原 tī 天頂囂俳 ê 車輪牌……

巴克禮 ê 五月天

是啥物款 ê 性命
甘願規世人歡喜奉獻
無怨無恨，無私心無窮分
是上帝 ê 啟示，抑是
土地 ê 召喚⋯⋯

我 ê 目睭，恬靜
攑頭看天，雲栱變化無常
答案，是 一縮難分難捨 ê 謎
毋過，又 koh hiah-nī 堅心無懷疑

五月 ê 斑芝
花謝，結子
愛耍 ê 花棉，tī 公園
絞規陣，就隨風去 thit-thô
白色 ê 雪，輕輕 ê 鵝毛
自由自在，滿天飛⋯⋯

愛，就按呢
永遠 tī 府城漂流
生淡，一片曠闊無邊 ê 大海

自然成做島嶼，一粒疼心

是講，雪是溫暖 ê
愛，是世界 ê 母語
免 koh 拆破，通譯
伊就 hōo 咱成人、捌字

日頭，有影誠熱
神，定著無蹛 tī 天頂
Tī 咱 ê 目睭仁裡
金金看……

註解：

湯瑪斯‧巴克禮（1849-1935），英國人。1875 年，來台灣傳教，創立「台南神學院」，用羅馬拼音推 sak 白話字運動，市府為著表彰伊規世人對台南無私奉獻，特別設立「巴克禮紀念公園」記念伊。

1. 窮分（khîng-hun）：「計較」。
2. 雲尪（hûn-ang）：「像人形的雲朵」。
3. 一縮（tsit kuānn）：「一串」。
4. 憢疑（giâu-gî）：「懷疑」。
5. thit-thô：迌迌，「遊玩」。
6. 捌字（bat-jī）：「識字」。
7. 蹛（tuà）：「居住」。

——2017/5/12

是講，雪是溫暖 ê
愛，是世界 ê 母語
免 koh 拆破，通譯
伊就 hōo 咱成人、捌字

Tī 孔廟 kā 孔子公考試

一、連看覓仔

子曰	日子
四書五經	三民主義
全台首學	反攻大陸
膨鼠	牛魔王
講國語	消滅共匪
挽智慧毛	中正廟
孔子	悾囝

註解：

1. 悾囝（khong-kiánn）：「傻子」。

二、選擇題

1. 非市民參觀孔子廟，愛拆票，25 箍清潔費，是為著啥物？
A. 孔子糞埽
B. 廟糞埽
C. 手糞埽
D. 錢糞埽
E. 毋知糞埽

2. 咱，為啥物 beh 拜孔子公？
A. 有拜有保庇，無拜出代誌
B. 人戇看面就知
C. 無 hit 號尻川，食 hit 號瀉藥
D. Kā 天公借膽
E. 有空無榫

註解：

1. 糞埽（pùn-sò）:「垃圾」。
2. 榫（sún）:「接合兩物部分，凸出來的一端」。

三、問答題

為啥物，無是非
題？

月娘，酸甘甜……
——寫 hōo 王貞文牧師做伴手

今仔日，月娘
拍殕仔光
風，微微
憂悶當中，總是
小可仔哀傷
定著有花蕊，離枝
飄落，若無
哪有塗 ê 芳味？

窗仔，才拄 teh 思念爾爾
夜鷹 ê 叫聲，就隨響起
免講嘛知，這是府城
迷人 ê 暗暝

溫柔 ê 白雲
永遠，漂浪一段
恬靜 ê 故事
時間，總是 hōo 風
吹去真遠真遠

聽講，現此時

伊，已經
偷偷仔，成做
美麗 ê 天星

閃爍 ê，猶原是世間
澹澹 ê 目睭
夜露涼冷，月光
Kā 毋甘，kap 祝福
攏寫 tī 天使 ê 翼股
變成，自由 ê 歌詩

性命，總算免 koh 勞煩矣
我勻勻仔，擛頭
看伊，喜樂　自在
用咱嬌氣 ê 母語
泡一鈷檸檬蜜茶
和上帝，做伙酸甘甜……

今仔日，月娘
拍殕仔光
風，酸酸

我定著愛 koh 繼續奔波

寫詩，用咱島嶼

上溫暖 ê 喙舌

因為世事，紛紛

人情，冷薄……

註解：

王貞文（1965-2017），tī 新北市淡水區出世，台南
神學院 ê 牧師，嘛是詩人，兼小說家，初期用華語創
作，後來是咱台語文學 ê 友志，前幾工（2017/5/10）
破病過身，雖罔毋捌見過面，早就知影伊 ê 才情，
kap 對島國 ê 疼心，tī 遮，用詩數念伊。《檸檬蜜茶》
是伊 ê 台語詩集。

---

1. 拍殕仔（phah-phú-á）：「灰濛的樣了」。
2. 澹澹（tâm-tâm）：「濕潤」。
3. 翼股（sit-kóo）：「翅膀」。
4. 攑頭（giȧh-thâu）：「抬頭」。
5. 媠氣（suí-khuì）：「漂亮，帥氣」。
6. 一鈷（tsit kóo）：「一壺」。
7. 喙舌（tshuì-tsih）：「舌頭」。

——2017/5/14

看伊，喜樂　自在
用咱嬌氣ê母語
泡一鈷檸檬蜜茶
和上帝，做伙酸甘甜……

目睭
——郭柏川記念館行踏

原來，日頭是 bih tī 遮
想講，天猶早
面色，哪無啥元氣？
連鳥仔 ê 叫聲，都
殕殕霧霧……

光線，tī 畫布裡
若親像魔術師仝款
不時 teh 變把戲，有影暢 kah

藝術家確實老矣
目睭，恬靜 tī 圖內面
永遠無想 beh 落山

有當時，風
懶懶仔，teh 吹
鈴鐺仔，beh 搖 koh 若毋搖咧
時間 ê 故事，才無 beh 管待伊
照常，掖 kah 滿四界

老藝術家，過往矣

目睭，suah 愈青春
三不五時
就 tī 光豔 ê 色水裡
走跳，害這間日本舊厝
愈來愈老……

我 ê 目睭，勻勻仔
Teh 散步，前埕後埕
詩，嘛罔行
花，古錐
日子，是 hiah-nī 嫷
足想足想
我也變做 hit 粒日頭
永遠蹛 tī 遮

註解：

1. 覕（bih）：「躲藏」。
2. 遮（tsia）：「這裡」。
3. 殕殕（phú-phú）：「灰濛的樣子」。
4. 暢（thiòng）：「興奮」。
5. 掖（iā）：「撒」。
6. 媠（suí）：「漂亮」。
7. 蹛（tuà）：「居住」。
8. 遐（hia）：「那裡」。

——2017/5/15

有當時，風
懶懶仔，teh 吹
鈴鐺仔，beh 搖 koh 若毋搖咧
時間 ê 故事，才無 beh 管待伊

鹽
——寫 hōo 烏焦蛇新娘楊李爾

遙遠 ê 故事毋是故事
是一種悲苦哀疼
提煉 ê 鹽

記持，就按呢
無啥情願
永遠釘根 tī 這塊
鹹鹹 ê 土地

赤焱 ê 日頭，無情
Nìg 過破窗仔門
吊 tī 壁裡 ê 日子
是一張退色 ê 舊相片
Hit 尾驚人 ê 烏焦蛇
猶原咧 sô
Sô 過一个美麗 ê 青春
Sô 過一雙婿婿 ê 跤跡
Kap 愛情，戀夢

你知影，目屎是曝 bē 焦 ê
澹澹 ê 歲月，嘛捌落過

鹹鹹 ê 雪，hit 種礙虐 ê 滋味
毋是故事，是一蕊
開 tī 輪椅頂頭 ê 笑容

海，若親像愈行愈遠矣
顛倒海湧 ê 聲
變做溫柔 ê 歌詩
Tī 炎熱 ê 空氣當中
滾絞……

這个埋死狗嘛 bē 爛 ê 所在
上帝，從來毋捌放 bē 記得
慈悲 ê 眼神，猶原
Kā 苦難曝出性命 ê 清芳

風頭水尾
雄雄一下凝心
我 beh 講 ê 故事
Suah 綴海，愈來愈遠
愈來愈鹹……

註解：

楊奉爾，學甲人，新婚才四個月，就致著烏跤病，為著保命共雙跤截斷。後尾 tī 基督教信仰當中揣著新 ê 精神寄託。

---

1. 烏焦蛇（oo-ta-tsuâ）：「當地對烏腳病的俗稱，神經慢慢壞死，像蛇一樣蔓延」。
2. nǹg：軁，「鑽」。
3. sô：趖，「爬行」。
4. 澹澹（tâm-tâm）：「濕潤的樣子」。
5. 礙虐（gāi-gio̍h）：「尷尬不自在」。
6. 凝心（gîng-sim）：「抑鬱不開心」。
7. 綴（tuè）：「跟」。

——2017/5/18

海，若親像愈行愈遠矣
顛倒海湧 ê 聲
變做溫柔 ê 歌詩
Tī 炎熱 ê 空氣當中

同窗
──葉石濤紀念館罔賰

無疑悟，情緣
千里迢迢來相揣
一點仔，都無
鐵枝路 ê 臭油煙味

同窗，定著是五百年
做伙修行來 ê 福分
咱地球，正港有夠狹
二十幾冬矣
拋荒 kah 外太空去 ê 道友
竟然雄雄，對面冊跳出來
相借問，有聲 koh 有影
網路茫茫渺渺，真正是
一隻 teh 陷眠 ê 妖怪
雖罔無 beh 做夢
嘛 bih 無路來

是講，文學實在趣味
若 teh 牽猴仔咧
三牽四牽，就 koh kā 阮牽鬥陣
風吹，四散 ê 記持
咻一下，坐高速火車
攏飛來府城 thit-thô

若 beh koh 牽，葉石濤嘛是阮同窗
假使咱島嶼 ê 心
若繼續關 tī 支那 ê 頭殼裡
假使咱 ê 詩，若一直
Hōo 名利 ê 鎖鏈縛牢牢
伊，永遠就是阮同窗
Tī hit 年白色恐怖 ê 監獄……

Tshuā 阮同窗來看另外一个同窗
這種同窗會，就是我今仔日
用跤骨寫 ê 詩

Kám 按呢？

註解：

1. 無疑悟（bô-gî-ngōo）：「想不到」。
2. 狹（eh）：「狹窄」。
3. bih：覕，「躲藏」。
4. thit-thô：迌迌，「遊玩」。
5. 支那（tsi-ná）：「中國，China 直譯」。
6. 牢牢（tiâu-tiâu）：「很牢靠」。
7. tshuā：𤆬，「帶領」。

——2017/5/20

假使咱 ê 詩，若一直
Hōo 名利 ê 鎖鏈縛牢牢
伊，永遠就是阮同窗
Tī hit 年白色恐怖 ê 監獄……

透心涼 ê 光批
——我 tī 莉莉水果店食水果冰

莉莉 ê 西瓜七十歲矣
莉莉 ê 葡萄七十歲矣
莉莉 ê 蓮霧七十歲矣
莉莉所有 ê 果子攏七十歲矣
遮，是莉莉 hit 工透心涼 ê 目睭
偷偷仔 kā 我講 ê……

上帝，笑 kah 強 beh 落下頦
Tī 天頂，曲跤撚喙鬚

七十歲矣，若 kap 府城比並
是少年 kah 有賰去
南門城清彩敲一塊磚仔落來
都比伊 koh khah 老

是講，烏水溝
聽著 in teh 答喙鼓
雄雄 suah bē 記得
腹肚內 ê 目屎
是按怎，不時 teh 滾絞

Hit 年春裡
是有一寡仔澹澹 ê 故事
行過一个傷心 ê 斡角
就熱天囉
鳳凰花落塗 ê 所在
是毋是，就是莉莉 ê 血跡之地？

我看，故事百面是無頭無尾
會當定著 ê 是
遮，好食清芳 ê 果子
攏是序大人 ê 血汗
土地 ê 奶水，kap 蜜

莉莉 hit 工，用母語做郵票
Kā 感恩寫做一張光批
一時，suah 毋知 beh 寄 hōo 啥人？

哈，熱天
青狂 kah 走無路……

註解:

1. 光批（kng-phe）:「明信片」。
2. 下頦（ē-hâi）:「下巴」。
3. 撚喙鬚（lián-tshuì-tshiu）:「玩弄鬍鬚」。
4. 比並（pí-phīng）:「比擬」。
5. 賰（tshun）:「剩下」。
6. 清彩（tshìn-tshái）:「隨便」。
7. 答喙鼓（tap-tshuì-kóo）:「鬥嘴」。
8. 澹澹（tâm-tâm）:「濕潤的樣子」。
9. 斡（uat）:「轉彎」。
10. 血跡之地（hiat-jiah-tsi-tē）:「出生地」。

——2017/5/21

是有一寡仔澹澹 ê 故事
行過一个傷心 ê 斡角
就熱天囉
鳳凰花落塗 ê 所在

哀祭，草祭冊店

輕輕仔，kā 伊掀開
驚伊疼，驚伊受風寒
敏感 ê 皮膚，猶原
有千萬年 ê 聲嗽，kap 故事
冊逐頁，攏是樹仔 ê 屍體
濟濟毋甘 ê 目睭，hōo 伊
Koh 再重生，復活……

有當時仔，猶
Teh 留戀徘徊 ê 魂魄
Tī 遮相拄頭
抑是，相閃身
一寡仔好心 ê 目屎
Kap 笑容，無張持就流落來
Kā 伊沃 kah 發新穎，直直大
就按呢，千千萬萬 ê 冊頁
沓沓仔 kā 複雜 ê 心情
疊做一間古錐 ê 舊樓仔厝

Hit 工中晝，我當咧摸飛 ê 目神
騎鐵馬，輾過伊 ê 身軀

無疑悟，suah 看著 hit 欉透天 ê 大樹
一肢 koh 一肢 ê 手骨
一葉 koh 一葉 ê 心
攏 teh 落雨，墜落⋯⋯

無錯！無藥好醫矣
我輕輕仔，kā 冊合起來
Tī 靈魂上悲傷 ê 所在
插一枝茉草，哀念
雄雄，一陣淒涼 ê 風
吹過規條南門路 ê 熱天

註解：

草祭冊店：倚 tī 南門路，是一間有特色 ê 舊冊店，
2017/4/26 收店，結束營業。

---

1. 無張持（bô-tiunn-tî）：「不小心」。
2. 發新穎（puh-sin-ínn）：「發新芽」。
3. 摸飛（moo-hui）：「遊玩」。
4. 輾（liàn）：「滾動」。
5. 無疑悟（bô-gî-ngōo）：「沒想到」。
6. 茉草（buah-tsháu）：「銳葉小槐花，舊時民間
   的避邪之草」。

——2017/5/22

無錯！無藥好醫矣
我輕輕仔，kā 冊合起來
Tī 靈魂上悲傷 ê 所在
插一枝茉草，哀念

夕遊出張所，出張

毛毛仔雨 ê 我
Put 一寡仔粗鹽
Tī 手裡，親像捀你 ê 目屎
Hiah-nī 頂真，按呢
大海定著知影
愛情有偌鹹

心意，輕輕仔扲
日神，勻勻仔挲
Khat 一 khok 水
Kā 靈魂洗清氣
遐 ê 歹物仔就 bē 牢身

落雨 hit 暝
咱做伙寫 tī 遮 ê 詩
已經變做三百六十六色 ê 鹽
親像彩虹仝款
逐工輪流，tī 安平港 ê 雲頂
恬恬仔，teh 唱
幸福進行曲……

是講，會當 hōo 人淡薄仔祝福
嘛是做好代
只不過，咱 ê 生日
早就透濫做一工
已經分 bē 清是雨，抑是目屎
或者是，海水……

Beh 暗仔，日頭猶毋敢出來
我刁工騎鐵馬
對南門城來出張
趁禮拜，人吵車濟
Tī 全款鹹鹹 ê 雨絲當中
偷偷仔，哀念
咱過身去 ê 愛情

鹽，嘛是一種性命 ê 光
你定定 teh 講……

註解:

1. 夕遊:「鹽的日語『sio』的華語音」。
2. 出張(tshut-tiunn):「出差」。
3. put:抔,「用手將物品堆高捧起」。
4. 挼(juê):「搓揉」。
5. 挲(so):「輕輕搓摸」。
6. khat:𣔣,「舀」。
7. 一khok:一觳,「一瓢」。
8. 透濫(thàu-lām):「摻雜」。

──2017/5/22

只不過，咱 ê 生日
早就透澹做一工
已經分 bē 清是雨，抑是目屎
或者是，海水……

光復延平老街

日頭，實在有夠猛 ê 啦
安平 ê 皮膚，曝 kah 烏 sô-sô
若毋是目神猶燒烙
強 beh bē 認得

歷史，是一面殕殕 ê 鏡
看著我以早 ê 詩
嘛是有淡薄仔瘤皮
臭火焦味，是一種新 ê 意象
死去 ê 愛情
Tī 遮，kám 會 koh 復生？

紅毛番起造 ê 舊街路
食老才 teh 出癖
濟濟 ê 青春少年兄
用手機仔，直直 kā 褒
衝 kah 掠 bē 牢

路，是狹狹狹
人，是汔汔汔
毋過，這擺無相仝

我 ê 跤骨 suah 嚚俳起來
哈，hit 囉阿六仔
轉去食家己矣

定著愛感謝詩神
親像劍獅仝款
勇敢守護咱安平
平安，四百年第一街
無漏氣 ê 啦

是講，我 ê 愛情
哪無做伙光復？

註解：

1.　猛（mé）：「猛烈」。
2.　烏 sô-sô（oo-sô-sô）：烏趖趖，「黑漆漆」。
3.　殕殕（phú-phú）：「灰濛濛的樣子」。
4.　出癖（tshut-phiah）：「出麻疹」。
5.　衝（tshìng）：「神氣」。
6.　狹（eh）：「窄」。
7.　汔（kit）：「黏稠」。
8.　囂俳（hiau-pai）：「囂張」。
9.　阿六仔（a-lak-á）：「泛指無品中國客」。

——2017/5/25

歷史，是一面殕殕ê鏡
看著我以早ê詩
嘛是有淡薄仔遛皮
臭火焦味，是一種新ê意象

行 tī 漁光島 ê 海岸

月娘趁涍流 ê 時
偷偷仔 tī 遮發新穎
親像伊倒咧海岸 ê 笑容
或者是，沙微 ê 目睭
輕聲細語……

眠眠，規暝無睏 ê 款
夢，koh 貓霧仔光
迌，早就足足有賭
會當 hōo 我 ê 心肝頭
做風颱

是好住哉
天色，一直烏陰烏陰
若準拄有一粒妖嬌 ê 日頭
成做黃昏 ê 天
我 ê 思念，定著無法度接載
瘦狗湧，一下手隨拍落海

聽講，kā 故事
藏 tī 一座神秘 ê 懸塔

就會繼續迷人

繼續大漢……

伊，有時變做一隻小小 ê 漁船

Hōo 風拖去足遠足遠 ê，海面

浮浮沉沉，美麗 ê 樹林

溫柔 ê 幼沙仔

安平港 ê hit 岸，月光跤

永遠有阮

行做伙 ê 形影

註解：

1. 洘流（khó-lâu）：「退潮」。
2. 發新穎（puh-sin-ínn）：「發新芽」。
3. 貓霧仔光（bâ-bū-á-kng）：「天亮時的微光」。
4. 賰（tshun）：「剩下」。
5. 接載（tsih-tsài）：「忍受、負荷」。

——2017/5/24

聽講，ka 故事
藏 tī 一座神秘 ê 懸塔
就會繼續迷人
繼續大漢……

日落之塔

多情 ê 詩
就用這種屈勢
墜海，重生

月娘 ê 心
綴咧海漲
Bih tī 樹枝頂頭
微微仔笑……

註解：

1. 綴（tuè）：「跟著」。
2. 海漲（hái-tiùnn）：「漲潮」。
3. bih：覕，「躲藏」。

——2017/5/25

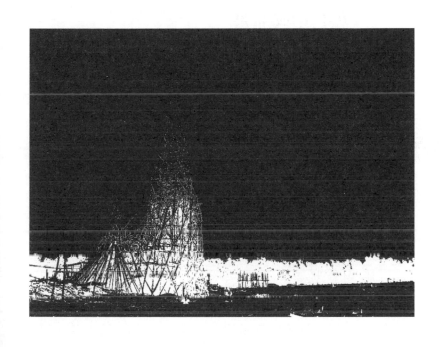

月娘 ê 心
綴咧海漲
Bih tī 樹枝頂頭
微微仔笑……

警告中國加鴿
——漁光島獨立宣言

你上好毋通欺負風
溫柔好騙，也莫叫是大海
是阿西悾丁，無論你
按怎變裝假仙
專制就是專制
封建就是封建
透明 ê 海湧拍上岸
你就等咧拖屎連

遮，雖罔細
毋過心，比海 koh khah 開闊
連一片樹葉，一枝草枝
抑是一粒幼沙，攏享受公平
天地恩情

甚至暗暝，月娘
無張持，多情 ê 目屎輾落來
嘛有自由 ê 光線

這陣，你 kám 無看著
Tī 沙埔當咧歡喜

走跳 ê 青春，kap 熱情
清彩一聲，天真 ê 笑聲
就拆破你 ê 小鬼仔殼矣

Hit 个孤單 ê 媠姑娘仔
恬恬坐 tī 海岸
聽海 teh 唱歌
目睭當做風吹
用頭鬃，放起哩大頂尾溜
逍遙自在
心事，慢慢仔
駛出去外海……

免講你嘛無熟似
這號做自由，戀愛
目屎鹹鹹，毋過
逐滴都有尊嚴
阮兜 ê 海，是獨立 ê
Kap 你無相欠
你上好毋通
Koh kā 阮當做豬砧

註解：

1. 中國加鴒（Tiong-kok-ka-ling）：「此指中國外來入侵鳥種，灰頭椋鳥」。
2. 漁光島（hî-kng-tó）：「台南安平外海的沙洲」。
3. 阿西悾丁（a-se-khong-ting）：「泛指傻子」。
4. 拖屎連（thua-sái-liân）：「罵人做事拖拉遲緩」。
5. 輾落來（liàn--loh-lâi）：「滾下來」。
6. 小鬼仔殼（siáu-kuí-á-khak）：「面具」。
7. 豬砧（ti-tiam）：「切豬肉的砧板」。

——2017/5/25

這號做自由,戀愛
目屎鹹鹹,毋過
逐滴都有尊嚴
阮兜 ê 海,是獨立 ê

抑是
——記念五日節

屈原，只不過
是一條中山路
一條中正路，niā-niā

屈原，kan-na 是
忠孝國小，忠孝國中
是仁愛鄉信義鄉和平鄉
光復鄉，niā-niā

伊，到底是
自殺，抑是被自殺
咱，kám 真正 teh 扒龍船
抑是，hōo 龍船扒
啊你，是 teh 縛肉粽
抑是，hōo 人縛做肉粽

寫詩 ê 人
是號做詩人
抑是，死人
是硬骨
抑是背骨

咱島嶼，面腔誠 bái
咱有吳濁流有賴和有楊貴
哪攏總變做肉粽角？

記念，是啥物
抑是 beh 記念啥物
屈原，跳落汨羅江
咱，suah 行入去地獄門……

熱天，有夠熱
無，莫插伊芋仔番薯
咱做伙用母語來寫一首詩
Kám 好？

註解：

1. niā-niā：爾爾，「而已」。
2. 縛（pàk）：「綁」。
3. bái：穤，「醜，不好」。
4. 楊貴：「楊逵」本名。
——2017/5/30

熱天，有夠熱
無，莫插伊芋仔番薯
咱做伙用母語來寫一首詩
Kám 好？

寫詩，度小月

時機 bái-bái 仔
寫一寡仔詩，閣度日子
三魂七魄，閣搖閣飼
性命閣咬鹹

園貨歹收，市草嘛 bái
閣做閣趁食
遮，猴仔死囡仔
小可仔 bat 兩步七仔
面皮，就厚 kah 會當做鼓
專門 phôo 權勢錢財 ê lān-pha
背骨叛祖，講伊家己是詩人
屎尿啦
看，就 gê 潲……

啊！免插伊──
人生海海仔
日子閣度，閣寫詩
和青春少年時 ê 家己
做伙叫一碗麵

一尾蝦仔，半粒卵
恬恬，看天

註解：

1. bái：䆀，「醜陋」。
2. phôo-lān-pha：扶羼脬，「比喻巴結」。
3. gê-siâu（gê-siâu）：㤉潲，「厭惡」。
──2017/5/31

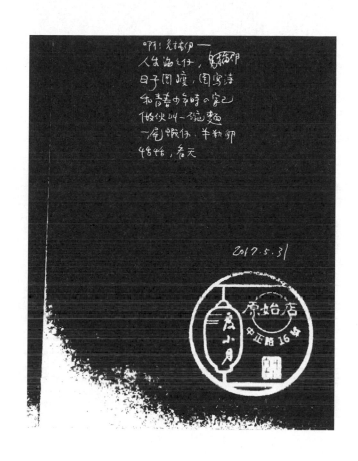

人生海海仔
日子罔度，罔寫詩
和青春少年時 ê 家己
做伙叫一碗麵

第三卷

國立 ê 詩，落雨

咱文學 ê 路，總是坎坎坷坷
甚至連母親 ê 名，都毋敢叫出聲
想 beh kā 土地，講一段曠闊 ê 故事

國立 ê 詩，落雨
——台灣文學館散步

聽講，山頂 ê 梅仔
眠夢黃 ê 時，就會落這款雨
這款 hōo 日子生菇 ê 雨……

咱文學 ê 路，總是坎坎坷坷
甚至連母親 ê 名，都毋敢叫出聲
想 beh kā 上地，講一段曠闊 ê 故事
Suah 講咱，無盡忠盡孝
若用真情寫一首詩
換講咱悲觀失志，掠準是
Bē 曉捲舌 ê 母語，就免講矣
定著 hōo 人損 kah 流血流滴……

無人注定愛傷悲
無法度啊，哪知故事
直直對歷史 ê 空縫，滴落來
磚仔是紅 ê，目屎是鹹 ê
囂俳 ê 臭旗仔，到今
哪 koh tī 阮目墘颺颺飛……

聽講，島嶼憂悶 ê 時

就會落這款雨

Hōo 心肝頭生菇 ê 雨

我 ê 詩，假影做一蕊鳳凰花

隨風飄落，愛情共和國

偷偷仔，跟綴你美麗 ê 跤跡

行入去文學館內

散步……

註解：

1. 掠準（liah-tsún）：「以為是」。
2. 摃（kòng）：「打」。
3. 嚻俳（hiau-pai）：「囂張」。
4. 目墘（bak-kînn）：「眼眶」。
5. 綴（tuè）：「跟隨」。

——2017/6/2

聽講，島嶼憂悶 ê 時
就會落這款雨
Hōo 心肝頭生菇 ê 雨
我 ê 詩，假影做一蕊鳳凰花

光影交插 ê 眠夢
──寫 hōo 豆儿咖啡廳

鳳凰花 ê 記持
光影交插，下晡
悠哉悠哉，nǹg 過泮宮石坊
Hit 四對石獅，有歲矣
夢想，猶原 tī 目睭仁內面
金金，閃爍……

你堅持用詩 ê 魂魄
煮一杯咖啡，雕刻性命 ê 屈勢
少年時 ê 青春
雄雄 koh hōo 海湧拍上岸
一時 suah bē 記得
頭毛已經凍霜落雪

人生，起起落落
家己總是愛有家己 ê 王城
悲歡離合 ê 風吹過
燃一鈷紅塵世事，燒滾滾
向望，定著會 tī 心肝頭坐清……

這條狹狹 ê 舊街路

猶原，倒 tī 府城 ê 胸坎仔
老厝攏綿爛 teh 發新穎
花開嘛著時，幾若欉菩提樹
有意 koh 若無意，隨風招搖
露水，毋知歡喜抑傷悲
慢慢仔，順葉仔尾
滴　落　來

這時，婚婚 ê 日頭光
白然綴你 ê 形影
掖 kah 塗跤，滿滿是……

註解：

豆ㄦ咖啡廳：Tī 府中街，老屋改造 ê 藝文空間。

1. nǹg：軁，「鑽過」。
2. 泮宮石坊（phuàn-kiong-tsiȯh-hng）：「孔廟牌坊」。
3. 燃（hiânn）：「燒煮」。
4. 一鈷（tsit kóo）：「一壺」。
5. 綴（tuè）：「跟隨」。
6. 掖（iā）：「撒下」。
──2017/6/3

人生，起起落落
家己總是愛有家己 ê 王城
悲歡離合 ê 風吹過
燃一鈷紅塵世事，燒滾滾

阮兜後埕有天使 ê 歌聲

透早，拄精神
樹葉仔 koh 有昨暝 ê 雨滴
一蕊野生 ê 草花心悶
日頭光 ê 意義

貓母 tshuā 伊五隻貓仔囝
盤山過嶺，性命薄薄
總是愛有新 ê 岫，啊靈魂
丁甲沼沼，路途遙遠……

突然間，教堂 ê 鐘聲響起
有時近，有時遠
風，親像有天使 ê 歌聲
這 kám 是伊，安身 ê 徛家？

暗暝，猶原澹澹濕濕
牆圍仔頂，有十粒大星閃爍
天真古錐，淡薄仔驚見笑 ê 款
毋過貓母，無影無跡……

隔轉工早起

樹葉仔拄精神
雷公爍爁，又 koh 摔大雨
白色 ê 花蕊，變做一台船
規耳空，suah 攏貓仔囝 ê 叫聲……

註解：

1. tshuā：𤆬，「帶領」。
2. 摔（siàng）：「甩下」。
3. 岫（siū）：「巢」。
4. 爍爁（sih-nah）：「閃電」。
——2017/6/4

暗暝，猶原滄滄濕濕
牆圍仔頂，有十粒天星閃爍
天真古錐，淡薄仔驚見笑ê款
毋過貓母，無影無跡……

過敏

酒若落喉
詩，就癢起來
小可仔抓一下
龜跤，隨 sô-sô 出來……

力頭若節拄好
規欉就爽歪歪
你，內行 ê 款
會當揤大罐 ê

暗安！請諒情
酒家己，嘛 teh 起酒痟
今仔日，六月初五
著無？

抑無，來排隊
看啥人漩 khah 遠……

註解：

1. sô：趖，「爬行」。
2. 節（tsat）：「節制」。
3. 捾（kuānn）：「提」。
4. 漩（suān）：「從小孔噴出水柱」。
——2017/6/5

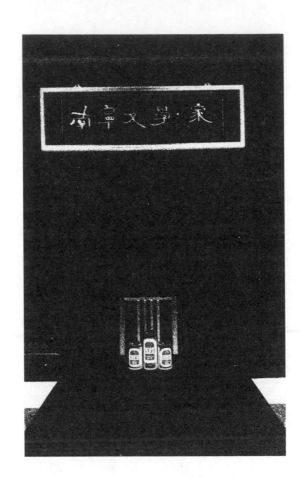

暗安！請諒情
酒家己，嘛 teh 起酒瘋
今仔日，六月初五
著無？

媽祖 tī 林默娘公園放風吹

啥物，號做人情世事……
我現此時，我放一隻風吹去雲頂
走揣一段飄失 ê 傳說

天帝恬恬，無講半句話
阮心肝底，有千萬斤石頭
目睭，看著眾生嘻嘻嘩嘩
Suah 若親像青盲牛全款
連家己 ê 面容，都看無……

你毋通用 hit 種目神看我
叫媽祖，傷過沉重
我只是一个普通查某囝仔
平凡 ê 愛情，平凡 ê 青春夢想
按呢，niā-niā

啥物，號做忠孝節義……
這領衫 tsiah-nī-á 寶貴
阮哪有才調穿？

一隻海鳥飛過來招呼請安

阮是誠欣羨伊

後壁，無牽一條長長 ê 尾溜

我 ê 翼股是假影 ê

有一工，風若無繼續替我講白賊

恐驚仔，隨會跋落萬底深坑……

毋過，阮知影

啥物號做慈悲真情

你 kám 無看著

頭前 ê 安平港，當咧海漲

目屎，hiah-nī-á 大圈……

註解：

1. tsiah-nī-á：遮爾仔，「這麼」。
2. hiah-nī-á：遐爾仔，「那麼」。
3. 大圈（tuā-khian）：「大顆」。
   ——2017/6/5

啥物號做慈悲真情
你 kám 無看著
頭前 ê 安平港，當咧海漲
目屎，hiah-nī-á 大圈⋯⋯

億載金城 ê 目睭

落雨機會，30pha。
我這隻烏焦瘦 ê 鐵馬
三躊躇四躊躇
嘛是殘殘，kā 騎去二鯤鯓
揣大海盤撋

你 ê 目睭，穿一領
法國 ê se-mí-loh
定定相對我 ê 尻川斗來
莫怪，一直感覺礙虐礙虐
百外冬有矣……

你若是講我嬈花
我目屎就 beh 輾落來
啊，你 kám 會記得？
我十歲 ê 愛情，有一半
是死 tī 你 ê 心肝頭……

安平追想曲，照講
定著踮 tī 安平港內
Suah 連一絲仔音樂聲，都無

你看，按呢
風，有偌僥倖？

雖罔無砲彈
Khah 按怎講，你嘛是一支大砲啊
我這隻破鐵馬
連人生 ê 運河，都無才調渡
草講烏水溝囉

落雨機會，100pha。
愛情，賭一粒脯脯
Lān-pha……

億載金城：二鯤鯓砲台。牡丹社事件了後，1876 年沈葆楨聘請法國工程師製造。

---

1. 30pha：30%。
2. 盤撋（puânn-nuá）：「交往相處」。
3. se-mí-loh：日語，「西裝」。
4. 尻川（ka-tshng）：「屁股」。
5. 礙虐（gāi-gio̍h）：「尷尬」。
6. 嬈花（hiâu-hue）：「罵女人不正經之語」。
7. 僥倖（hiau-hīng）：「不顧情義或忘恩負義」。
8. 賰（tshun）：「剩下」。
9. lān-pha：羼脬，「陰囊」。

——2017/6/5

定著踮 tī 安平港內
Suah 連一絲仔音樂聲，都無
你看，按呢
風，有偌僥倖？

安平樹屋,有影無影

是講,是樹仔種 tī 厝裡
抑是厝,起 tī 樹仔面頂
這个世界,有時
一粒頭兩粒大……

神秘 ê 光線,定定
和日頭 bih 相揣
有影,無影
攏若親像一个嬌姑娘仔
跳舞 ê 衫裙

春夏秋冬
歲月,過往 ê 跤跡
因為你 ê 寶惜
Suah 沓沓仔躊躇起來……

歷史 ê 記持
總是有悲傷有歡喜
遐,老硞硞 ê 磚仔
上知影
喙恬恬,心 koh 燒烙

顛倒你

毋知走佗位去？

我，peh 上 peh 落

Nǹg 過眾人，妖嬌 ê 雨傘花

攏揣無，往過

愛你 ê 形影……

註解：

1. bih：覕，「躲藏」。
2. 媠（suí）：「漂亮」。
3. 老硞硞（lāu-khok-khok）：「很老的樣子」。
4. peh：「攀爬」。
5. nǹg：鑽，「穿過」。

——2017/6/6

春夏秋冬
歲月，過往 ê 跤跡
因為你 ê 寶惜
Suah 沓沓仔躊躇起來……

東興洋行 hit 下晡

無法度啦，熱天
就是佮意有樹蔭 ê 下晡
用舊洋樓 ê 埕斗，斟一杯
烏咖啡，詩
慢慢仔 hōo 出味⋯⋯

音樂，是天然 ê 涼風
吹過每一塊磚仔 ê 空縫
歷史 ê 溫度，就是 tsiah-nī-á 迷人
故事，是講 bē 了 ê
目屎，tī 遮強 beh 煞鼓
上害 ê 是，寂寞多情 ê 亭仔跤
一直 teh 唱，過去
Hit 塊愛情 ê 追想曲

啊，無法度啦
愛 koh 叫一罐德國麥仔
Hōo 詩，解心悶
紅紅 ê 目箍，倒 tī 這个下晡
若親像時間 ê 茫茫大海
愈駛愈遠 ê hit 隻帆船
愈無想 beh 靠岸⋯⋯

東興洋行：tī 台南市安平區，原名為「Julius Mannich
& CO.」，以早，德國生理人 teh 經營，是安平五大洋
行之一。

---

1. 佮意（kah-ì）：「喜歡」。
2. tsiah-nī-á：遮爾仔，「這麼」。
——2017/6/9

音樂，是天然 ê 涼風
吹過每一塊磚仔 ê 空縫
歷史 ê 溫度，就是 tsiah-nī-á 迷人
故事，是講 bē 了 ê

風神廟展風神

生菇 ê 雨，拄落煞
逐蕊時行 ê 雲尪
攏 peh 去樹頂，展風神

有影，天色清爽
毋過，tī 遮
倒 tī 塗跤 ê 記持
Koh 有一 tsuā，澹澹 ê 傷痕

舊年春裡，天崩地裂 ê 疼
猶 tī 風中，青青狂狂

鐘聲鼓聲，早就飄失去矣
你是 beh 用啥物
替我接風洗塵？
我刁工
騎鐵馬來送日頭落山
毋知，有著時無？

無疑悟，一下擔頭
Suah 看著月娘 bih tī 雲頂

笑哈哈……

這，kám 是你
覺悟重生 ê 目睭？

突然間，一港煙吹過來
有人 teh 燒金，旺 kah
我頭殼，齴神齴神：啊你
是神，koh tsiah-nī 神
Kám 無人 kā 你講，我無欠錢
Kan-na 欠一首，奢颺 ê 詩
Beh 來展風神……

2017/2/6 美濃大地震，台南受傷嚴重。風神廟，鐘
鼓樓崩倒。

---

1. peh：「攀爬」。
2. 一 tsuā（tsit tsuā）：一逝，「一行」。
3. 澹澹（tâm-tâm）：「濕潤」。
4. 天崩地裂（thinn-pang-tē-lih）：「山崩地裂」。
5. bih：覕，「躲藏」。
6. 笑哈哈（tshiò-hai-hai）：「笑哈哈」。
7. 戇（gōng）：「憨傻」。
8. tsiah-nī：遮爾，「這麼」。
9. kan-na：干焦，「只」。
10. 奢颺（tshia-iānn）：「大派頭」。
    ──2017/6/10

突然間，一港煙吹過來
有人 teh 燒金，旺 kah
我頭殼，戇神戇神：啊你
是神，tsiah-nī 神

神農街著愛用牽 ê

雖罔，beh 暗仔 ê 日頭
Tī 後壁當咧逐我，到遮
我 ê 目睭，照常對鐵馬頂
跳落來，老神在在
用上虔誠 ê 跤跡
一步一步，勻勻仔
數念，五條港 ê 繁華

歷史，是一領有魔法 ê 衫
拋荒 ê 心，起畏寒 ê 時
伊定定就 hōo 世間風塵
一寡仔溫暖，疼惜

金華府前 ê 石坎
猶原 koh 有苦力，歹命 ê 血汗
關帝爺公，khah 按怎神通廣大
嘛無法度 kā 伊吹焦

路，是狹狹
Koh 無偌長
毋過，你若無細膩

行入去故事內面
無的確，仙行都行 bē 出來

啊我，是無咧掣伊
詩，是我 ê 尚方寶劍
日頭，永遠逐 bē 著
你無看，路頭 hit 排燈籠仔
著矣！

暗暝，正港來囉……

神農街：以早號做北勢街，是清國時代五條港區上鬧
熱 ê 所在。這馬，老街保存完整，化身做時行 ê 文創
基地。

五條港：往過府城五條商業用 ê 港道，是生理人上重
要 ê 門戶。

金華府：Tī 神農街裡，較早姓許 ê 苦力募款起造 ê 廟，
拜關公 kap 三尊王爺。

---

1. 狹（éh）：「狹窄」。
2. 數念（siàu-liām）：「懷念」。
3. 掣（tshuah）：「抖顫」。
——2017/6/11

歷史，是一領有魔法 ê 衫
拋荒 ê 心，起畏寒 ê 時
伊定定就 hōo 世間風塵
一寡仔溫暖，疼惜

海安路,乾杯!

咱 ê 喙空,按呢
一擔又一擔奔波
Kám bē 忝?

Tī 遮,目睭無適合
盤山過嶺,上好
學月娘 ê 心情,恬靜
坐落來,勻勻仔
聽漂浪 ê 雲講古,看眾生
嘻嘻嘩嘩,紲來
Tī 暗暝 ê 心肝底,召喚家己
安安靜靜 ê 名……

五條港,往生 ê 魂魄
毋知,攏有好 ê 歸宿無?
啊,khah 早鬧熱 ê 海湧
最近 kám 好?

路,hiah-nī 大
往過,載滿祖先向望
Kap 目屎 ê 帆船

現此時，又 koh 是
走佗位去藏？

揣一个有咖啡，抑是
酒 ê 所在，hōo 喙小歇一下
留一寡仔空腹
好來貯府城，消失規百年 ê 繁華
Kap 哀愁……

註解：

海安路：台南逛街上時行 ê 所在，食食好 koh 濟。

1. 忝（thiám）：「累」。
2. 紲來（suà-lâi）：「接續」。
3. 貯（té）：「裝、盛」。
——2017/6/12

五條港，往生 ê 魂魄
毋知，攏有好 ê 歸宿無？
啊，khah 早鬧熱 ê 海湧
最近 kám 好？

風吹公會堂

看著鳳凰花猶原
Hiah-nī-á 熱情攬抱伊
我才知，有一種色水
號做溫柔

風風雨雨了後
滾絞 ê 靈魂，慢慢坐清
一寡仔樹影，自由自在
貼印 tī 滿面風霜 ê 皮膚
輕輕仔，teh 搖

歷史，是一幅彩色 ê 圖
無論是多情，抑是無情
攏掛 tī 咱人生 ê 壁頂
一片愣愣 ê 目神
安安靜靜 ê 風景……

沓沓仔，踅過長長 ê 牆圍仔
磚仔 ê 心事，紅色 ê
層層疊疊，hōo 人殖民
Hōo 人管教，hōo 人踗踏

Hōo 人壓迫家己 bē 記得家己 ê 名……

我知影，這塊土地心悶 ê 時
就會變做一陣風
Kā 全世界 ê 目屎，吹焦

你定著嘛知，這種色水
號做哀傷
一蕊美麗 ê 鳳凰花
一時，無法度按耐
隨風，慢慢仔
落落來……

註解：

公會堂：是日本時代所起ê西洋樓，1911 年落成。
彼當時，是民眾重要ê集會所，嘛號做「台南公館」。

---

1. hiah-nī-á：遐爾仔，「那麼」。
2. 坐清（tsē-tshing）：「澄清」。
3. 愣愣（gāng-gāng）：「發呆」。
4. 踅（sèh）：「逛」。
5. 殖民（sit-bîn）：「殖民」。
6. 豚踏（thún-tàh）：「糟蹋」。

——2017/6/13

無論是多情，抑是無情
攏掛 tī 咱人生 ê 壁頂
一片愣愣 ê 目神
安安靜靜 ê 風景……

南女中 hit 欉金龜樹
——寫 hōo 丁窈窕

島嶼，新世紀 ê 目睭
猶原，酸酸澀澀
歷史淒涼 ê 雨
哪落 bē 停？

烏暗 ê 暝，姑不而將
化做一隻神秘 ê 貓仔，一直叫
一直叫，親像紅嬰仔
揣無老母 ê 奶，通好疼痛
一直叫，一直叫……

聲，是澹 ê
玻璃開始起霧
我隨 kā 窗仔布捘起來
才 bē hōo 月娘看著
規房間 ê 哀傷

這哀傷，是鐵拍 ê
二十幾冬 ê 鬼火
千百年 ê 霜雪
運命，有影酷刑

一直來凌遲，來糟蹋
青春 ê 日子，疼 kah
指甲，一片一片
綴鳳凰花落落塗跤……

我偷偷仔，將你溫柔 ê 頭鬃
抾起來，種轉去你母校 ê 胸坎仔
Hit 段無緣 ê 愛情
慢慢仔發穎，大做一欉
美麗 ê 金龜樹
濟濟堅強 ê 翼，就按呢
一直守護你少年時
快樂 ê 形影……

笑聲，嘛澹澹
有鹹鹹 ê 目屎
有芳芳 ê 沁汗
Hit 粒迵過你心臟 ê 銃子
Tī 運動埕踅一輾了後
嘛拍入去阮心肝

這，刻骨入肉 ê 疼
講無怨恨，是 hau 潲 ê
毋過，我甘願
因為我 ê 愛並恨 koh khah 濟
你知影，島嶼 ê 血
是 bē 白流 ê，咱 ê 願夢
會做伙 tī 遮生湠

啊！看這个節勢
雨，是落 bē 停 ê
我 bih tī 樹仔跤，一下無小心
Suah 跋落時間 ê 陷阱
換我 ê 目睭
開始酸酸澀澀……

註解：

丁窈窕（1927-1956）：南女中出業，白色恐怖時期 ê 受難者。Hông 銃殺進前，利用放風時間，將家己一撮頭鬃，偷偷仔交 hōo 伊婚前 ê 愛人郭振純，郭桑嘛是受難者，tī 監牢受盡酷刑，二十幾冬 ê 烏牢出獄了後，kā 頭鬃埋 tī 伊母校 ê 一欉金龜樹跤，成做永久 ê 數念。（郭桑，tī 2018/6/16 過身，歲壽 94）

---

1. 姑不而將（koo-put-jî-tsiong）：「勉為其難」。
2. 澹（tâm）：「濕潤」。
3. 搝（giú）：「拉」。
4. tuè：綴，「跟隨」。
5. 發穎（puh-ínn）：「發芽」。
6. 迵（thàng）：「穿過」。
7. hau 潲（hau-siâu）：嘐潲，「謊騙」。
8. 並（phīng）：「比」。
9. bih：覕，「躲藏」。

——2017/6/17

因為我 ê 愛並恨 koh khah 濟
你知影，島嶼 ê 血
是 bē 白流 ê，咱 ê 願夢
會做伙 tī 遮生湠

舌 ê 聲嗽
——tī 新樓冊店「台語公共電視台」座談會

這款愛 ê 屈勢
是哀求
抑是祈禱
咱歹命有身 ê 母語
Kám 會當 tī 花蕊去進前
滴出一滴奶
Kap 蜜，一滴就好

Tī 美麗破碎 ê 田園
鬱積規百年
心肝頭 ê 寒冰 kap 霜雪
凡勢仔，會流出一寡仔溫暖
小小 ê 溪河，嘛好

故鄉，他鄉，家鄉
漂浪 ê 喙舌
雖罔焦脯，臭奶呆
用海 ê 腔口，唸一首詩
討一點仔土地 ê 聲嗽
Kám 有傷超過？

有名無名，隨在伊
Kan-na beh 一片目神
憐惜，薄薄一片 niā-niā
Kám 都無通'?

抑無，至少 hōo 天頂月娘
一支媚媚 ê 鼓吹
Tī 島嶼 koh 沉落大海進前
咱那行那歕，做伙送母語
上山頭……

註解：

1. 舌（tsih）：「舌頭」。
2. 聲嗽（siann-sàu）：「聲音氣息」。
3. 屈勢（khut-sè）：「姿態」。
4. 蔫（lian）：「枯萎」。
5. 焦脯（ta-póo）：「乾癟」。
6. 臭奶呆（tshàu-ling-tai）：「說話有童音且不清楚」。
7. kan-na：干焦，「只」。
8. beh：欲，「想要」。
9. niā-niā：爾爾，「而已」。
10. 媠（suí）：「漂亮」。
11. 歕（pûn）：「吹」。
—— 2017/6/26

雖罔焦脯，臭奶呆
用海ê腔口，唸一首詩
討一點仔土地ê聲嗽
Kám 有傷超過？

禮拜，台南公園 ê 雨豆樹

是天，愛哭
抑是你，不時
Teh 落雨
橫直，攏是思念
所引起 ê 症頭

是月娘傷過光
抑是，露水沉重
你千千萬萬粒 ê 目睭
慢慢仔，kā 憂悶
垂落來
目屎，定著愛儉 tī 腹肚
等待，青春
Koh 再來……

日頭，假影 ê 啦
其實是我 ê 心情，好天
規个公園
攏咧歇禮拜

規百冬囉

到今，咱才相拄頭
按呢，時間是緊，抑是慢
緣分歹講
世間 ê 怨妒，kap 哀愁
攏綴你 ê 目神
放水流

啊，思念
哪會 tsiah nī á 大攤？
這支天霸工 ê 雨傘
凡勢仔
是我 ê 詩
定定過敏 ê 症頭……

雨豆樹：原產地 tī 南美洲、西印度，樹型若雨傘，樹
蔭闊，1903 年引入台灣，台南公園有兩欉百年老樹。

1. 垂（suî）：「滴下」。
2. 儉（khiām）：「儲蓄」。
3. 綴（tuè）：「跟隨」。
──2017/6/27

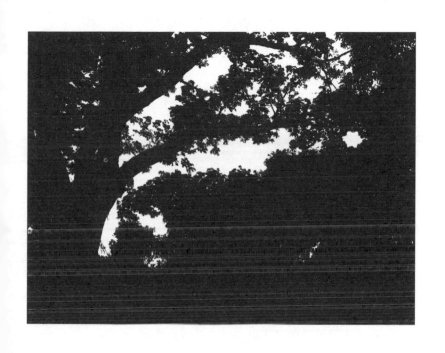

緣分乎講
世間 ê 怨妒，kap 哀愁
攏綴你 ê 目神
放水流

有影,知事官邸

知無?
知就是知,毋知就是毋知
毋通 bē 博假博
有影,beh 暗仔 ê 日頭
婿 kah 會觸舌
迴廊伸出雙手 ê 溫柔
攬抱時間所有 ê 眠夢
亭仔跤,嘛無咧臭彈
故事,是三暝三日講 bē 煞

有事無?
有代誌,著愛講
千萬毋通留咧生菇
遐 ê 大官虎,關 tī 歷史裡
規百冬矣,管待伊去死
趁遮 ê 磚仔,koh 燒烙
Kā 臭酸 ê 心事,提出來曝曝咧
日子 khah bē 帶衰……

啊!有影
知人知面不知心

恁爸 bē 癮 koh kap 你練痟話

詩，就囥踮褲袋仔

家己留咧做皇帝⋯⋯

註解：

知事官邸（ti-sū-kuann-tí）：1900 年創建，市立古蹟。
日本時代台南縣知事 ê 官宅，真濟大官虎蹄過，包括
昭和皇太子。

1. 曝（phàk）：「曬」。
2. 袂癮（bē-giàn）：「不願」。
3. 練痟話（liān-siáu-uē）：「胡扯」。
4. 囥（khǹg）：「置放」。

——2017/6/28

迴廊伸出雙手 ê 溫柔
攬抱時間所有 ê 眠夢
亭仔跤，嘛無咧臭彈
故事，是三暝三日講 bē 煞

你，往過
流tī我胸前ê目屎
Kám是，一種溫暖ê鹽？

未來

挽一片月光,來曝藍圖
是啥物款滋味?
詩,後壁
是毋是 bih 一隻妖精……

風,是真透
性命,有一寡仔
若親像堅乾矣
Kā 敨起來,食老
配酒

你,往過
流 tī 我胸前 ê 目屎
Kám 是,一種溫暖 ê 鹽?

天頂 ê 雲,相爭 teh 問:
日頭咧……

&藍晒圖文創園區，曝出過往 ê 愛情。

註解：

1. 豉（sīnn）：「醃」。
2. bih：覕，「躲藏」。
3. 堅乾（kian-kuann）：「乾枯變硬」。
——2017/11/24

性命，有一寡仔
若親像堅乾矣
Kā 㧣起來，食老
配酒

恬靜

時間躊躇 ê 跤步聲
歷史寫 tī 壁頂 ê 銃聲
記持 ê 鼓聲
海湧攬抱海岸 ê 歌聲
山，擔頭看天 ê 心聲
眠夢精神 ê 哀聲
你交落阮目墘 ê 雨聲
墿，窸窸窣窣 ê 落葉聲
日頭照著露水
花開 ê 聲……

&林百貨鬧熱 ê 店裡，雄雄聽著一寡恬
靜 ê 聲。

註解：

1. 擔頭（tann-thâu）：「抬頭」。
2. 交落（ka-làuh）：「丟失」。
——2017/11/25

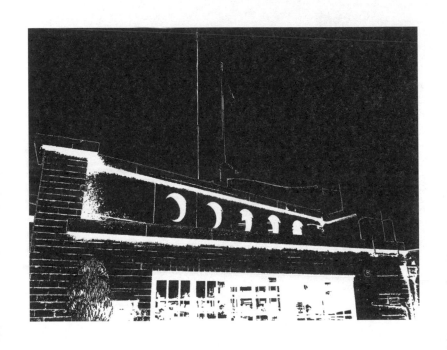

海湧攬抱海岸 ê 歌聲
山，擔頭看天 ê 心聲
眠夢精神 ê 哀聲
你交落阮目堅 ê 雨聲

記持

時鐘，雄雄狂狂
一直走，一直走
走轉去囡仔時

運動埕，怦怦喘
面，是紅吱吱

一个驚見笑 ê 故事
Bih tī 樹仔跤
幌桸鞦

我一直走，一直走
一箍銀，khah 按怎
都買無 hit 時陣
兩支流汗糝滴 ê 枝仔冰……

&坐咧看忠義國校 ê 運動會，淡薄仔記持，擽擽軁（ngiau-ngiau-nǹg）。

註解：

1. 怦怦喘（phēnn-phēnn-tshuán）：「喘得很厲害」。
2. bih：覕，「躲藏」。
3. 幌枅鞦（hàinn-kông-tshiu）：「盪鞦韆」。
4. 糁（sám）：「撒」。
——2017/11/25

我一直走，一直走
一箍銀，khah 按怎
都買無 hit 時陣
兩支流汗糝滴 ê 枝仔冰……

孤單

寂寞 ê
下晡，誠長
上帝，和妖魔
定定
Teh 摉大索
時間，真韌
毋過，一支手機仔
輕輕鬆鬆
就 kā 刣死矣
薄薄薄
這塊，是性命
Ê
金牌

&忠義國校運動埕看台，一个查囡仔
坐咧耍手機仔，耍 kah 毋知人。

註解：

1. 刣（thâi）：「殺」。
2. 摉（giú）：「拉扯」。
——2017/11/26

時間，真韌
毋過，一支手機仔
輕輕鬆鬆
就 kā 刣死矣

散步

寶刀出鞘
年歲，有夠利
Kā 過往 ê 日子
雕刻出來，你 ê 形影
恬靜，行踏
這條舊街路
短短狹狹
是有淡薄仔歷史
芳味
時代，誠譀
定定 hōo 人
降伏做一隻石獅
忠孝節義，跕 tī 柱仔跤
守護，一塊小鬼仔殼
道德，在人講
你甘願褪赤跤
嘛 bē 癮去穿阿婆
Hit 雙臭鞋仔
你，是一首詩
正港，千年 bē 爛……

&孤身 tī 府中街散步。

註解：

1. 跍（khû）：「蹲」。
2. 鞘（siù）：「劍套」。
3. 譀（hàm）：「誇張不實」。
──2017/11/26

時代，誠譀
定定 hōo 人
降伏做一隻石獅
忠孝節義，跍 tī 柱仔跤

友志

府城，若恬靜坐落來
下晡時，親像一杯咖啡
清芳，有味
有婿婿 ê 日頭光
有可愛 ê 人影

招母語，來唸一首詩
用老爸老母 ê 腔口
和這个冷淡世界，盤撋
心情自在，koh 快活

憂愁苦悶，攏隨在伊
咱鬥陣 kā 眠夢開做一蕊花
一片一片 ê 目神
就飂飂飛

老街老厝，kap 我這隻老不修
嘛老 kah 滿面春風
無皺痕

&和台南詩人王永成，做伙 tī 府中街 ê
豆儿咖啡廳，舉辦台語詩分享會。伊 ê
新冊《鹽酸草》，我 ê 新冊《月光》，攏
是台語詩集，好友志。

註解：

1.　盤擱（puânn-nuá）：「交往」。
　──2017/11/27

招母語，來唸一首詩
用老爸老母 ê 腔口
和這个冷淡世界，盤擱
心情自在，koh 快活

話尾／陳胤
日子

　　目一下 nih，日子，又 koh 行到年尾矣。一冬一冬，一工一工，時間直直過去，有夠恐怖 ê 啦。

　　平常時是無 teh 算，嘛毋敢算，就算 beh 算也算無路來，總是，性命寶貴，每一工 ê 日子，咱誠珍惜，盡量莫 hōo 拋荒去。喙，是按呢講無毋著，毋過，心，有時難免也會拍毋見，尤其身體有病疼 ê 時，日子定著茫茫渺渺，看無未來 ê 光……今年春裡，我歡歡喜喜去台北領獎轉來，想 bē 到，koh 加得著一个夭壽仔大 ê 大獎──B 型流感！本底無啥綴人時行 ê 我，罕得感冒，這聲，hōo 舞一下險仔 bē 收山，hit 囉「克流感」五工份 ê 藥仔食了，症頭是有小可 khah 減輕無錯，毋過，規箍人，全懵神去，一時 suah 揣無家己 ê 面容，心肝頭定定就嘩噗采，睏 bē 落眠，明明暗時是恬靜 kah beh 哭枵，頭殼內偏偏就轟轟叫，若 hōo 戰車碾過全款，有夠艱苦 ê 啦……好佳哉，有詩，一直陪伴我，陪伴我渡過神

經衰弱 ê 日子，逐工下晡，我 teh 靜坐泡茶 ê 時，不時就看著伊 ê 目光閃爍，溫暖又 koh 慈悲，全心全意，攬抱我 ê 驚惶 kap 傷悲……

日子，hit 工是有 khah 清醒淡薄仔，雄雄 suah 想起，舊年我 tī 台南寫 ê 詩，猶 koh 監禁咧電腦裡，隨 kā 叫出來通風散氣，束編做一本詩集《台南詩行》，趁未過時，緊 kā 投去《台南作家作品集》甄選，這本，是特別為台南寫 ê，koh 刁工去台南蹛兩個月，用跤骨一步一步行出來 ê 詩，全心全意，beh 奉獻 hōo 台南，若親像詩，對待我 ê 溫暖慈悲。這是我對所愛 ê 城市，上大 ê 敬意。

無疑悟，我愛人，人 suah 無愛我，無偌久就收著一張薄薄 ê 公文，hōo 我重重 ê 兩字——落選！規 khann 熱情 ê 火，強 beh 化去。Hit 時，我才對眠夢裡精神，台南當時行 ê，是台南，毋是我 ê 詩。就按呢，六十工 ê 日子，揹 tī 詩 ê 跤脊骿，無法度落塗生根，姑不將，koh 開始漂浪摸飛矣。

失志 ê 時，日子，若像 bē 癮插我，全款一工一工直直行過，看起來誠無情，其實腹內是軟心慈悲，

終其尾，我也是得著國藝會和前衛出版社ê支持包容，詩ê心肝頭總算 khah 定著，嘛有新ê氣力，好 koh 向前行落去，毋過，《台南詩行》無法度 tī 台南出版行踏，這擺ê創作計畫 kap 行動，就永遠無完成，對我和台南來講，嘛是永遠ê遺憾。

啊，話 koh 講倒轉來，遺憾，是正常ê，世間，原底就無圓滿ê代誌。人生，就是有淡薄仔遺憾，咱才有 koh 再拍拚ê勇氣，按呢，活咧，才 khah 有意義，有滋味。詩，有時行無時行，攏愛繼續 koh 行。Kám 毋是？

是講，我又 koh 看著日子，bih tī 我額頭ê皺痕裡，teh 偷笑，恬恬，無聲……

註解：

1. 敨氣（tháu-khuì）：「透氣」。
2. 蹛（tuà）：「住」。
3. khann：坩，「鍋的單位」。
4. 跤脊骿（kha-tsiah-phiann）：「背部」。
5. bih：覕，「躲藏」。

——2018/12/13

台語羅馬字拼音方案

(一)

聲母	台羅拼音	注音符號	聲母	台羅拼音	注音符號
	p	ㄅ		kh	ㄎ
	ph	ㄆ		g	
	b			ng	
	m	ㄇ		h	ㄏ
	t	ㄉ		ts	ㄗ
	th	ㄊ		tsh	ㄘ
	n	ㄋ		s	ㄙ
	l	ㄌ		j	
	k	ㄍ			

(二)

韻母	台羅拼音	注音符號	非入聲韻尾	-m	韻化鼻音	-m
	a	ㄚ		-n		-ng
	i	ㄧ		-ng		
	u	ㄨ	入聲韻尾		-h	
	e	ㄝ			-p	
	oo	ㆦ			-t	
	o	ㄜ			-k	

（三）

調類	陰平	陰上	陰去	陰入
台羅拼音	sann	té	khòo	khuah
例字	衫	短	褲	闊

調類	陽平	（陽上）	陽去	陽入
台羅拼音	lâng		phīnn	tit
例字	人	矮	鼻	直

網路工具書資源：

教育部台灣閩南語常用詞辭典

萌典

台日大辭典

甘字典

iTaigi 愛台語

台文華文線頂辭典

Phah Tâi-gí（輸入法 App）

陳胤文學年表

1964 生於彰化縣永靖鄉。本名：陳利成。

1976 永靖國小畢業。

1979 明道中學初中部畢業。直升高中部就讀。
　　十二月十日發生「美麗島事件」，隔年一
　　月九日施明德被捕，開始寫日記。

1980 轉入員林高中。導師為作家林雙不（黃燕
　　德），文學啟蒙。散文〈清水岩記遊〉，
　　在《中央日報》學生園地刊登。生涯首次
　　在報章發表作品。受到極大鼓舞，開始文
　　學創作之路。

1981 散文〈再思親心〉，在《新生報》發表。

1982 員林高中畢業。因故放棄大學聯考，進入
　　補習班。學畫兩個月。在台北市生活一年。

1983 進入淡江大學中文系就讀。

1984 大二，與彰化同鄉朋友王美崇、林世宗、
　　　施明志創立「無鳥社」合購一頂帳篷，遊
　　　山玩水。出版手抄本地下刊物《季節鳥》，
　　　以傳閱方式發行；創刊號有導師顏崑陽教
　　　授題字。因緣購得禁書《台灣：苦悶的歷史》
　　　（王育德著），台灣歷史的意識獲啟蒙。

1986 〈我住后山情趣多〉以「陳伯仔」筆名在《淡
　　　江週刊》發表。原題〈后山札記〉，由於編
　　　者修改前未知會（或許稿約有說明自己沒注
　　　意），當時（大二）年輕氣盛，有不受尊重
　　　的感覺，便投書表達不滿之意。週刊登了投
　　　書，加上一篇生氣的回應。而後輾轉得知，
　　　編者嗆說：「以後不補助中文系了！」──
　　　同學私下戲說，史稱「淡江週刊事件」。
　　　祖母過世，在祖墳上確認客家的身世（饒
　　　平客）。

1987 獨自攀爬向天池，首次一個人山上露營過

夜。第一本著作誕生：自費出版手工書《無
鳥散記》十本，當作「畢業論文」。大學
畢業。台灣正式解嚴。入伍，在高雄旗山
服義務役。

1988 生日休假前夕，總統蔣經國過世。

1989 出版手工書《虎帳笙歌》。退伍。蟄居淡水。
九月找到第一份正職：OK 便利商店儲備店
長。十二月，轉任世茂出版社文字編輯。

1990 在野百合學運現場。兼任錦繡出版社特約
撰文，撰寫《國家與人民》世界地理叢書。
擔任廣告片臨時演員。六月自世茂出版社
離職。九月任淡水國中代課老師。參與滬尾
文史工作室活動與社會運動。撰寫第一篇台
灣報導文學〈嗚咽的淡水河〉，發表於《淡
中青年》。

1991 擔任台北市私立志仁家商國文教師。

1992 參與「總統直選」遊行活動，第一次坐上鐵
　　　欄巴士。七月自志仁家商離職。開始一年
　　　無業生活。在台大藝術史研究所旁聽課程。
　　　參與劉還月主持的台原出版社之田野調查
　　　研習課程。擔任第一屆國會全面改選的選
　　　舉志工。

1993 參與淡水鎮刊《金色淡水》籌設與創刊（與
　　　張建隆、紀榮達、吳春和），擔任社區通訊
　　　員。七月，通過高雄縣國中教師甄試，成
　　　了正式教員。介聘至美濃鎮龍肚國中服務。
　　　九月，高雄師範大學教育學分班（夜間班）
　　　修課。

1994 七月，因故離職，通過彰化縣國中教師甄
　　　試，介聘至埔心國中。成立「燕霧堡工作
　　　室」，投入彰化縣文史調查，以員林「興
　　　賢書院」為中心研究案例。十二月九日以
　　　本名在《台灣時報》副刊發表返鄉後首篇

散文〈國中安親班〉，引發軒然大波，校長在公開會議上開罵。而後，改以筆名「陳胤」、「刑天」繼續於報章雜誌發表作品。

1995 策劃首次「興賢書院」學生導覽活動。首篇報紙發表的新詩〈青溪〉刊登於《台灣時報》副刊。九月成立「柳河讀書會」（2000年解散）。策劃「鄉土心半線情」興賢書院研習活動。

1996 第一屆民選總統。開始埔心鄉田野調查。開始每年舉辦「柳河行踏」學生導覽活動。《教師法》，三讀通過公佈實施。與同事謝如安籌組「埔心國中教師會」。備受學校當局打壓，功敗垂成。成了頭號「戰犯」。

1997 二月，出版《興賢書院——台灣人文筆記》手工書。成立「柳河文化工作室」，發表〈河流宣言〉。成立「埔心鄉土教材編輯小組」（成員為：陳利成、莊淑菁、何彩雲、林

靜琦、劉蓓蓉、曹建文）。

1998 四月五、六日於埔心鄉立圖書館舉辦「柳
河春夢──埔心鄉土教材・影像展」籌募
出版基金；同步有《柳河春夢》手工書展
覽與「柳河行踏」導覽活動。《自由時報》、
中廣、彰視等媒體有新聞報導，加上學校同
事贊助，順利募得經費。六月，《柳河春夢》
一書順利出版。彰化第一本專為國中生編纂
的鄉土教材誕生。〈玫瑰〉，入選《真情書》
小品文集（晨星版）。

1999 九二一大地震。出版筆記書《悲歡歲月》
（半線文教基金會）、報導散文《半線心情》
（常民文化）、畫片《土地顏色》（柳河
文化工作室）。〈鹿港的風〉，獲第一屆
磺溪文學獎散文類第三名（第一名從缺）。
〈二十號倉庫〉，獲台中風華現代詩評審
獎。在員林社大主持「百果山讀書會」。

開始每年舉辦「柳河少年文學獎」，鼓勵學生創作。擔任「九二一大地震重建義工」。

2000 台灣第一次政黨輪替。〈飄浮的土地〉，獲第二屆礦溪文學獎報導文學類第二名（第一名從缺）。〈校園鳥語〉，獲第二屆台中縣文學獎新詩獎；〈我們相逢在荒煙蔓草的歷史現場〉，獲第二屆台中縣文學獎散文獎。開始發行《柳河社區藝文報》，提供學生與社區居民創作發表空間（2005年停刊）。

2001 參加「第二十三屆鹽分地帶文學營」。〈校園風景〉，獲第三屆礦溪文學獎新詩類佳作。〈行路〉，獲教育部文藝創作獎新詩類佳作。〈生態浩劫──2001情人節詩抄〉，獲鹽分地帶文學獎新詩類第二名（第一名從缺）。〈獨白〉，獲鹽分地帶文學獎小說類第三名（第一、二名從缺）。詩劇〈飛

向福爾摩莎〉，在「漢寶野鳥生態文化節活動」演出。在埔心國中行政大樓舉辦「牆」裝置藝術展，同時有學生「閱讀西牆」活動。新詩與攝影作品在「方生方死方死方生」興賢書院裝置藝術展展出（合作藝術家：王紫芸、裘安‧蒲梅爾）。秋末冬初，成立影子團體「彰化縣國中教師聯盟」，架設「教育之火」網站，創作《秋末冬初──2001 台灣國中教育診斷書》拼貼創作，開始進行「教改行動藝術」。

2002 出版《秋末冬初──2001 台灣國中教育診斷書》拼貼創作。散文《放牛老師手札》，入選彰化縣作家作品集第十輯，由文化局出版。〈被囚禁的家廟〉，獲第四屆磺溪文學報導文學獎（不分名次）。〈花蓮〉，獲花蓮文學獎新詩佳作。與社區友人成立「大埔心工作室」，成員有：陳利成、張國閔、

張哲銘、張國棟、曾隆一、高林助、胡生群、
汪紹銘、呂欣蕙。開始進行經口村田野調
查與社區營造，並規劃學生社區環境學習
場域。

2003 華語詩集《流螢》，獲國家文化藝術基金
會出版獎助。〈柳河的生與死〉，獲第五
屆磺溪文學報導文學獎（不分名次）。〈藍
腹鷴♂〉，獲第五屆磺溪文學新詩獎（不
分名次）。〈阿朗壹古道〉，獲第五屆大
武山文學獎報導文學類第三名（第一名從
缺）。第一首台語詩〈天地〉，獲第五屆
大武山文學獎新詩類佳作。在經口村清河
堂三合院舉辦「柳河春夢」埔心鄉鄉土影
像展。擔任彰化縣「大家來寫村史」計畫
指導委員。參與公共電視教改系列影片《魔
鏡》拍攝。

2004 詩集《流螢》與《流螢詩籤》，由柳河文

化工作室出版。〈布農組曲〉，獲第六屆
磺溪文學新詩獎（不分名次）。擔任「彰
化縣中小學台灣文學讀本」審核委員。《魔
鏡》公播，引發社會關注。

2005 〈島嶼凝視〉，獲教育部文藝創作獎新詩類
佳作。〈秋天戀歌〉，獲彰化縣台語文學
創作比賽詩歌組第一名。〈八里·左岸〉，
獲「八里左岸」聯合報徵詩活動入選。〈大
佛三首〉，應邀參加「大佛亮起來」新詩
展覽（彰化縣政府主辦）。進駐埔心鄉「大
埔心工作」主持〈陳胤咖啡時間〉，成立
社區圖書室與常態藝文展場。十一月，開
始以行動藝術方式在「柳河部落」部落格，
進行「國中教育正常化連署」（低調持續
中）。

2006 〈詩之釀〉，獲教育部文藝創作獎新詩類
佳作。〈冬天戀歌〉，獲彰化縣台語文學

創作比賽詩歌組第三名。

2007 〈生活即景〉，獲教育部文藝創作獎新詩類優選。〈春雪〉，獲彰化縣台語文學創作比賽詩歌組第二名。〈最溫暖的南風〉，獲高雄捷運徵詩比賽入選。《咖啡‧咖啡》散文集，由柳河文化工作室出版。一月八日，籌組「彰化縣埔心國中教師分會」，擔任會長，開始進入正式教師組織，進行體制內的改革。七月，生涯第一次暈倒；輕微腦震盪。八月，應邀擔任彰化縣教師會政策部主任。

2008 〈島嶼戀歌〉，獲教育部母語文學獎現代詩第三名。〈台中歷史散步等十首〉，獲吳濁流文學獎新詩正獎。〈客雅溪口的凝眸〉，獲竹塹文學獎新詩佳作。〈撞球賽事想像〉，獲高雄「世運‧石鼓詩」入選。〈無論凍霜的風按怎吹〉，獲李江却台文獎台語

詩第一名。應邀參加「詩行」台灣母語詩人
大會，吟誦詩歌（李江却台語文教基金會、
中山醫學大學主辦）。〈風過竹塹城〉入選
《2008台灣現代詩選》（春暉版）。報導
散文《經口之春》，由彰化縣文化局出版。
自籌經費開辦「柳河少年成長營」學生寒
暑假營隊。八月，以文學方式預立遺囑〈遺
愛手書〉。

2009 〈戀歌〉，獲教育部台灣閩客語文學獎現代
詩第三名。台語詩集《戀歌》，獲國家文
化藝術基金會創作獎助。〈母語〉，獲彰
化縣台語文學創作比賽詩歌組第一名。〈馬
祖 · 印象〉，獲第一屆馬祖文學獎新詩第
二名。〈遺愛手書〉，獲第十一屆礦溪文
學獎新詩獎（不分名次）。

2010 《島嶼凝視》，入選彰化縣作家作品集第
十八輯，由文化局出版。〈台灣鳥仔〉，獲

鄭福田生態文學獎台語詩優選。〈南竿的
酒甕〉，獲第二屆馬祖文學獎新詩第一名。
〈慕谷慕魚的想望〉，獲花蓮文學獎新詩
類菁英組佳作。〈桐花、紋面、青衫布——
給苗栗的山歌〉，獲夢花文學獎新詩優選。
〈流螢〉入選《台灣自然生態詩》（農委
會/文學台灣）。〈西北雨——台北二二八
公園寫真〉入選國立臺灣文學館本土語言
文學常設展覽。成立「柳河少年寫作班」，
義務指導學生寫作。五月六日，生涯第二
次暈倒；下巴縫了八針。

2011　〈田嬰〉，獲彰化縣台語文學創作比賽詩歌
組第二名。〈幸福的心靈圖譜——龍鑾潭
的冬末紀事〉，獲屏東「印象·恆春」故
事徵文第三名。〈墾丁旅記〉，獲第十三
屆大武山文學獎新詩第一名。〈陳有蘭溪·
詩流域〉，獲玉山文學獎新詩第二名。〈雙

溪的目屎〉，獲第一屆高雄打狗鳳邑文學
獎台語詩評審獎。〈望安，被遺忘的搖籃
曲〉，獲澎湖菊島文學獎新詩佳作。新詩
〈拼圖〉、散文〈思念是愛情的火〉入選《詩
人愛情社會學》（釀出版）。台語詩〈春
雪〉、〈西北雨〉入選《台文戰線文學選》
（台文戰線）。在埔心鄉演藝廳舉行「柳
河的美麗與哀愁」老照片展，結合師生台
語詩集體創作活動。

2012 〈漢寶溼地的風景與時光〉獲第十四屆磺
溪文學獎報導文學首獎。〈永遠唱袂煞的
歌聲〉，獲第二屆打狗鳳邑文學獎台語詩
優選。〈我的詩跟著賴和的前進前進〉，
獲第三十五屆時報文學獎新詩評審獎；入
選《2012台灣現代詩選》（春暉版）。〈默
默，澎湖的海〉，獲文化部「好詩大家寫」
佳作。《青春浮雕》入選彰化縣作家作品集

第二十輯，由文化局出版。五月，應邀於「賴和音樂節」朗誦詩歌。六月，再度應邀參加「詩行」台灣母語詩人大會，吟誦詩歌（李江却台語文教基金會、中山醫學大學主辦）。〈東興洋行的春夜〉，入選「過城——慢步台南計畫詩展」。策劃〈予柳河的愛情明信片〉師生台語詩集體創作，入選《2012 台文通訊 BONG 報年度選》。應邀加入「台文戰線」會員。八月，參加澎湖及林春咖啡館「背包客流浪計畫」（洪閒芸主持）。開始使用臉書。

2013 台語詩〈越頭，舊山線……〉，獲夢花文學獎母語文學佳作。〈是毋是寫一首詩來記念春天——寫予楊貴〉，獲第三屆台南文學獎台語詩評審獎。《戀歌》台語詩集，獲國家文化藝術基金會出版補助。〈默默，澎湖的海〉，獲菊島文學獎散文類佳作。

〈澎湖的燕鷗家族〉，獲菊島文學獎新詩
類優選。

2014 五月一日，第一本台語詩集《戀歌》，由柳
河文化工作室出版。華語詩集《詩的旅行》
入選彰化縣作家作品集第二十二輯。〈澎
湖，歡迎光臨！〉獲喜菡文學獎現代詩佳
作。台語詩〈愛的進行曲〉與台語散文〈過
城〉均獲教育部台灣閩客語文學獎第一名；
七月十二日，於溪州成功旅社進行文學獎作
品田園導讀「詩歌分享」，並舉行〈愛的進
行曲〉台語詩畫個展。短篇小說〈巷弄人
生〉獲第十六屆磺溪文學獎優選。台語詩
〈安平，平安〉獲第四屆台南文學獎第一
名。台語詩〈美濃，佮我的青春少年〉獲
打狗鳳邑文學獎評審獎。台語詩〈知影——
賴和的相思調〉獲台灣文學台語新詩金典
獎入圍。九月，在埔心國中開設「台語文

學創作」社團。

2015 台語詩集《月光》，獲國家文化藝術基金會創作補助。新詩〈鷹眼〉獲桃城文學獎第三名。新詩〈月光小棧〉獲「詩 · 遊台東」徵詩比賽金獎。六月十二日，舉辦末屆柳河少年文學獎頒獎典禮。七月，〈愛的進行曲〉台語詩畫展第二場在彰化市吉米好站開幕（7/15-8/16）。八月一日，正式退休，生平第一次理光頭。台語散文〈飄零〉獲台南文學獎首獎。新詩〈大峎崁溪的坎坷行旅〉獲鍾肇政文學獎三獎。台語詩〈知影——賴和的相思調〉獲打狗鳳邑文學獎優選。新詩〈初秋 · 微光〉獲大武山文學獎第一名。十一月二十一日應邀在葉石濤紀念館主講：「愛的進行曲——我佮我的台語詩分享」。台語詩〈是毋是寫一首詩來記念春天〉、〈安平，平安〉入選台南文

學選集《Undelivered》（英譯本）。新詩〈追憶楊逵與東海花園的一片風景〉入選台灣現代詩刊《十年詩萃》。

2016 台語詩〈你的面是一區拋荒的田〉獲教育部台灣閩客語文學獎第一名；台語散文〈天漸漸光，新中街〉獲教育部台灣閩客語文學獎第二名。台語詩〈拖磨〉獲台中文學獎佳作。新詩〈獨立鰲鼓濕地的蒼鷺〉獲桃城文學獎佳作。新詩〈馬祖獨白〉獲馬祖文學獎優選。台語詩〈阿母的心事〉獲夢花文學獎佳作。華語新詩〈光之穹頂〉，獲打狗鳳邑文學獎優選。台語詩集《月光》，獲國家文化藝術基金會出版補助。華語散文集《鳥的旅行》，入選彰化縣作家作品集第二十四輯，由文化局出版。新詩〈阿塱壹，請不要說再見〉入選屏東文學青少年讀本。四月獲選員林高中傑出校友。五月二十八

日，應邀於「賴和音樂節」朗誦詩歌。八月三十一日應邀在教育部國教院主講：「戀歌——我的台語詩分享」。十月十六日，應邀在溪州成功旅社參加磺溪文學獎文學沙龍。應邀擔任彰化縣台語文學創作比賽評審。

2017 台語詩〈記念和平佮戰爭記念公園〉，獲打狗鳳邑文學獎首獎。台語短篇小說〈南女中的金龜樹〉，獲台南文學獎優等。台語詩〈美麗島事件的跤跡〉，獲台文戰線文學獎佳作。華語散文〈鰲鼓濕地踽踽獨行的鳥〉，獲桃城文學獎第三名。台華語詩〈拖磨〉等六首，收入《淡江詩派的誕生》詩選（楊宗翰編 / 允晨出版社 /2017/2）。台語詩〈安平，平安〉，收入《Voces desde Taiwán》西語 / 漢語 / 英語三語台灣當代詩選，在西班牙發行（李魁賢編 /2017/4）。

一月，應邀擔任彰化縣青少年詩畫比賽新詩組評審。四月，以《台南詩行》計畫入選台南市駐市作家，於「南寧文學·家」進行創作（4/28-6/28）。八月，台語詩集《月光》於前衛出版社出版。八月二十六日，於彰化紅絲線獨立書店舉辦首場新書分享會。九月七日，應作家鄭順聰之邀至教育廣播電台《拍破台語顛倒勇》節目受訪。十一月七日，應邀回母校員林高中分享創作歷程。十二月六日，應邀彰化師範大學國文系演講。應邀擔任台中文學館文學市集擺攤作家（春季、冬季）。

2018 台語詩〈故事跟綴吳濁流的跤跡〉獲教育部台灣閩客語文學獎第三名；台語散文〈落筆才知疼〉獲教育部台灣閩客語文學獎第三名。台語詩〈心悶，大肚山〉，獲台中文學獎第二名。台語詩〈大船入港〉，獲打狗

鳳邑文學獎優選。台語詩集《台南詩行》，
獲國家文化藝術基金會出版補助。華語詩
集《聆聽寂靜》，入選彰化縣作家作品集
第二十六輯，由文化局出版。台語歌詞〈永
靖枝仔冰〉，獲教育部地方特色歌詞比賽
優等。三月十七日，B型流感確診，克流感
療程結束後，引發自律神經失調症候群。
四月二日，花蓮鹽寮進行駐村創作，四月
九日，因居住環境過度吵雜，提前結束計
畫。四月十七日，開始以規律運動進行復
健。五月十五日，加入台灣山林復育協會。
六月，應台中市文化局之邀創作百花詩集，
台語詩〈劍蘭的跤步聲〉，收入《花蜜釀
的詩》，於花博現場展覽。七月二十九日，
於台語文創意園區辦理「台語詩野餐」後，
以行動藝術的概念，開始有計畫進行台語詩
系列活動，推行母語與詩的創作。十月八

日至十九日，進行《Tshuā March 來旅行》環島創作計畫。十一月二十九日，應邀至彰化溫馨讀書會分享台語詩。十二月八日，應邀至台灣山林復育協會分享台語詩。

台南詩行 / 陳胤作. -- 初版. -- 臺北市：前衛，2019.07
面；　公分
ISBN 978-957-801-880-8(平裝)

863.51　　　　　108007264

台南詩行

作　　　　者　陳　胤
影　　　　像　陳　胤
內 頁 圖 像　陳　胤
責 任 編 輯　鄭清鴻
美 術 編 輯　我只剩下色塊
出　版　者　前衛出版社
　　　　　　　地址：台北市中山區農安街 153 號 4 樓之 3
　　　　　　　電話：02-25865708 ｜傳真：02-25863758
　　　　　　　郵撥帳號：05625551
　　　　　　　購書．業務信箱：a4791@ms15.hinet.net
　　　　　　　投稿．代理信箱：avanguardbook@gmail.com
　　　　　　　官方網站：http://www.avanguard.com.tw
出 版 總 監　林文欽
法 律 顧 問　南國春秋法律事務所
總 經 銷　紅螞蟻圖書有限公司
　　　　　　　地址：台北市內湖區舊宗路二段 121 巷 19 號
　　　　　　　電話：02-27953656 ｜傳真：02-27954100

出 版 補 助　財團法人國家文化藝術基金會
出 版 日 期　2019 年 7 月初版一刷

定價：300 元

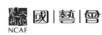

南寧文學家

族群的神話